F. Niggli

Über die Redefiguren und deren Behandlungin der Schule

Antigonos

F. Niggli

Über die Redefiguren und deren Behandlungin der Schule

Unveränderter Nachdruck der Originalausgabe von 1871.

1. Auflage 2024 | ISBN: 978-3-38634-869-0

Antigonos Verlag ist ein Imprint der Outlook Verlagsgesellschaft mbH.

Verlag: Outlook Verlag GmbH, Zeilweg 44, 60439 Frankfurt, Deutschland, info@outlook-verlag.de
Vertretungsberechtigt: E. Roepke, Zeilweg 44, 60439 Frankfurt, Deutschland
Druck: Libri Plureos GmbH, Friedensallee 273, 22763 Hamburg, Deutschland

Ueber die Redefiguren

und

deren Behandlung in der Schule.

Ein Beitrag

zu jedem Handbuch der Poetik

von

F. Niggli,

Oberlehrer an der Mädchenschule in Aarau.

Aarau.

Druck und Verlag von J. J. Christen.

1871.

Vorrede.

~~~~~

Wie man durch fleißiges Studium guter Geschichts=
werke den historischen Sinn ausbildet, so entwickelt man
durch wiederholtes, aufmerksames Lesen unsrer großen
Dichter das rezeptive Vermögen für deren Schönheiten.
Je mehr wir uns aber zu diesen Werken hingezogen
fühlen, desto freudiger und dankbarer bedienen wir uns
aller möglichen Hülfsmittel, die uns tiefer ins Ver=
ständniß solcher Lektüren einführen. Wir legen uns
allmälig die Elemente des Schönen heraus und über=
blicken sie einzeln. Diese Beschäftigung mit dem Ma=
terial, daraus sich die redenden Kunstwerke aufbauen,
kann und muß theoretisch betrieben werden, wenn die
Wirkung des Ganzen eine nachhaltige werden soll.
Mit dem rechten Verständniß aller Elemente des Schö=
nen in unsrer Sprache kehrt man um so lieber zu den
Erzeugnissen des Genius zurück, mit denen man früher
intuitiv bekannt geworden, da man nun viel besser alle
einzelnen Vorzüge zu würdigen weiß. Man bringt
gleichsam in die Werkstätte des Meisters; man erkennt
die Mittel zu seiner Arbeit und sicht seine Composition
aus denselben sich aufbauen. — Zu den Elementen
des Schönen in der Rede gehören auch die Tropen
und die Figuren. Es genügt nicht, daß man sie
~~~~~

nur zeige und erkläre, wenn sie beim Lesen eines Kunst=
werks vorkommen; Beispiele und möglichst gut gewählte,
müssen dem Schüler vorgeführt werden, wenn er darin
heimisch und sicher werden soll. Sind sie zahlreich,
schön und schlagend, so wirken sie desto zwingender auf
Sinn und Verständniß. Exempla trahunt kann man
auch in künstlerischem und wissenschaftlichem wie in
sittlichem Sinne behaupten. Indem man ferner den
Schüler eigene Beispiele bilden oder wenigstens aus
seiner bisherigen Lektüre vorgekommenes Material zu=
sammen suchen läßt, übt man die produktive wie die
rezeptive Kraft, was allein allem Arbeiten in der
Schule freudigen Schwung gibt. — Mit der für die
Redefiguren hier gebotenen Auswahl und Fülle der
Beispiele hofft der Verfasser, sich den Dank mancher
Collegen verdient zu haben. Er würde es sicher unter=
lassen, diese Monographie dem Druck zu übergeben,
hätt' er anderswo einer ausreichenden Zahl begegnen
können. Nur darüber werden ihm vielleicht Vorwürfe
gemacht werden, daß er dem Engländer Shakespeare
so manche Figuren entlehnt, während deutsche Dichter
spärlicher vertreten sind. Zur Entschuldigung läßt sich
sagen, daß die Tieck=Schlegelsche Uebersetzung selber ein
Schmuck der deutschen Literatur geworden und daß bei
keinem andern Dichter die Ausbeute so ergiebig ist. —
Man könnte versucht sein, in Schulen, wo fremde
Sprachen, seien es die alten oder die modernen oder
beide, gelehrt werden, die Beispiele für Rhetorik und
Poetik auch fremden Idiomen zu entlehnen. Wir hal=
ten dieß nicht für zweckmäßig. Sehr oft bietet das
Verständniß solcher Sätze dem Schüler Schwierigkeiten,
die zu überwinden sind, bevor die Beispiele der Absicht

des Lehrers der deutschen Sprache zu gute kommen.
Es verbänden sich dadurch Studien, die ihrer Natur
und Schwierigkeiten wegen auseinander zu halten sind.
Hingegen muß es den in fremder Sprache Unterrich=
tenden freuen, wenn beim Uebersetzen der Schüler jede
Figur leicht erkennt und benennt. — Daß manche
Exempel in Versen — wie Prosa gedruckt sind, wird
der Leser nicht stark tadeln. Er kann sie ja von den
Schülern, falls er sie diktirt, in ihrer ursprünglichen
Form aufschreiben lassen. — Für viele Beispiele aus
dem Leben des Volks sind wir der Catechetik von A.
Keller zu Dank verpflichtet, die unsre Arbeit überflüssig
machen würde, wenn sie die Figuren alle umfaßte und
wenn wir uns mit der Methode des reichen und treff=
lichen Buches einverstanden erklären könnten. — Durch
Katechese mögen die Regeln für diesen Theil der
Sprachlehre abstrahirt werden; aber dann kommt die
Anwendung, es kommt das selbsteigene Suchen und
Bilden. Im Unterricht der Muttersprache geht Alles
auf Uebung hinaus. Der Schüler soll die Sprache
handhaben lernen, wie ein musikalisches Instrument, zu
dessen Gebrauch eigenes Talent und gute Meister ihn
anleiten.

Das Bedürfniß der eigenen Schule hat uns zur
Ausarbeitung dieser Monographie geführt. Es gibt
Handbücher der Poetik genug, die über die Verslehre
und die Gattungen der Poesie hinlängliche Auskunft
ertheilen, z. B. Leitfaden der Poetik von Otto Su=
termeister, Zürich Schultheß, wo der Schüler kurz und
bündig und mit trefflichen Beispielen belegt über
Vers= und Strophenbau und über die Dichtungsarten
belehrt wird. Gözingers Sprachlehre enthält guten

Unterricht über Redefiguren im engern Sinn, und über die Verslehre. Auch die Aufgaben zur Bildung des rhythmischen und melodischen Gefühls sind zweckmäßig gewählt; nur sollte man die Schüler auch Stücke aus der Prosa in Verse umsetzen lassen, z. B. Fabeln von Lessing, Darstellungen aus der Mythologie, ferner kleine Erzählungen und Schilderungen. Durch eigene Versuche, wie mangelhaft sie auch ausfallen, erschließt sich allmälig das Ohr dem Zauber guter Versification.

Unsere Arbeit verspricht über die Redefiguren (Tropen und Figuren) sich zu verbreiten; aber es wird hoffentlich nicht dem Tadel rufen, daß sie vom Gleichniß, von der Personification, von der Allegorie Anlaß nimmt, zu zeigen, wie diese poetischen und rhetorischen Hülfsmittel selber die Träger ganzer Darstellungen werden können.

Daß unser Büchlein zunächst der Lehrerwelt bestimmt ist, geht aus seiner ganzen Haltung und aus dieser Vorrede hervor. Doch hindert nichts, daß man es, um leidige Diktate zu vermeiden, den Schülern in die Hände gebe. Sollten sogar ehemalige Schülerinnen, die mit dem Verfasser diese Materie durchgearbeitet haben, gerne darin blättern und sich dabei zusammenverlebter Stunden erinnern, so wird ihn solche Aufmerksamkeit herzlich freuen. Es wären alsbann diese Blätter ein Gruß des alten Lehrers an jugendliche, fürs Schöne stets warm schlagende Gemüther.

Aarau im December 1870.

Der Verfasser.

Ueber die Redefiguren

und deren Behandlung in der Schule.

Einführung.

Deutlichkeit ist der Zweck aller Rede. Der Sprechende will durch seine Worte und Sätze dem Hörer oder Leser genau seine Gedanken vorstellig machen. So gleicht die Sprache dem durchsichtigen Glas, hinter welchem die Vorstellungen und Urtheile in ihrer ganzen Eigenthümlichkeit und Unterscheidbarkeit erscheinen. Das Medium verschwindet, die Sache nur ist da. Habe die Darstellung belehrenden, ergötzenden oder erbaulichen Zweck, immer wird Klarheit ihr erster Schmuck sein.

Nun hat jede Sprache ihre ausgeprägte Wort- und Satzformen, deren Anwendung den Verkehr unter den Sprachgenossen vermittelt. Die Darstellung, welche auf Belehrung, auf Unterscheidung von Begriffen, auf Mittheilung von Kenntnissen abzielt, wird sich genau an diese allgemein gültigen Formen und Gesetze halten. Aber die Sprache will nicht nur belehren, sie will auch den mannigfaltigen Empfindungen, die sich in der Seele regen, Worte verschaffen; sie will erschrecken, entzücken, fortreißen, begeistern. Zu diesem Zweck hat sie sich neue Formen, eine Anfuge zur Wort- und Satzlehre und zur inhaltlichen Festsetzung ihres Wörtervorraths gefallen lassen, deren Erörterung Gegenstand vorliegender Arbeit sein soll.

Beobachtet man die Bewohner eines Hauses in ihrem tagtäglichen Verkehr, wie oft geschieht es, daß sie sich scherzend neckend gerade das Gegentheil von dem sagen, was sie sich sagen wollen! Wie oft bricht Erstaunen, Schrecken, plötzliche Freude in abgebrochene, verstümmelte Sätze aus, die doch niemand mißversteht! Wie ändert bisweilen der aufgeregte Sinn gewaltsam die festgesetzte Folge der Satzglieder im einfachen Satz oder der Sätze in Satzgefügen und Satzgebilden! Oft fragt man, wo man das Gefragte bestimmter behaupten will oder man wiederholt Worte, deren einmalige Nennung unsere Gedanken, unsere Empfindung, unsern Willen schon klar hinstellen würde. — Nicht nur stößt sich an dergleichen Abweichungen von der gewöhnlichen Rede niemand, es hat deren Gebrauch für den Hörer oder Leser einen Reiz, der ihm diese Formen lieb macht.

Noch mehr der beschreibende oder erzählende oder abhandelnde Schriftsteller, dem zunächst klare und wahre Mittheilung seines Gegenstandes am Herzen liegt, auch er findet es bisweilen nöthig, den ausgesprochenen Gedanken vorstelliger zu machen, indem er denselben einer Anschauung aus der sichtbaren Welt gegenüberhält, ihn gleichsam in einem Spiegel nochmals deutlicher oder verschönert sehen läßt. Lessing sagt z. B.: Ich kann mir keine angenehmere Beschäftigung machen, als die Namen berühmter Männer zu mustern, ihr Recht auf die Ewigkeit zu untersuchen, unverdiente Flecken ihnen abzuwischen, die falschen Verkleisterungen ihrer Schwächen aufzulösen, kurz alles das im moralischen Verstande zu thun, was derjenige, dem die Aufsicht über einen Bildersaal anvertraut ist, physisch verrichtet. Die Vergleichung drängt sich oft unwillkürlich auf und ist fast die nothwendige Ergänzung des eigentlichen Gedankens, z. B. die Abwesenheit vermindert die mittelmäßigen Leidenschaften und vermehrt die großen, wie der Wind die Kerzen auslöscht und ein stärkeres Feuer zu einem verheerenden Brande anfacht.

Aus den angeführten Beispielen zeigt sich, daß Abweichungen von den allgemein gültigen Formen der Rede entweder die Sätze nach ihrem äußern Bau oder nach dem Inhalt der Worte und Gedanken betreffen können. In den zwei Hexametern aus Göthes Hermann und Dorothea:

Und es hörte die Frage, die freundliche, gern in dem Schatten Hermann, des herrlichen Baums, am Orte, der ihm so lieb war,

beruht der Zauber auf der wunderlichen Verstellung der Satzglieder; den Inhalt berührt die Figur nicht. Wenn Schiller Maria Stuart sagen läßt: Nie setz ich des Bechers Rand an meine Lippen, daß nicht ein Schauder mich ergreift, er möchte kredenzt sein von der Liebe meiner Schwester, — so schaudert ihr vor dem Gedanken, der Haß ihrer Schwester (Fürstinnen nennen sich Schwestern) möchte Gift darein gemischt haben. Es ist das Gegentheil von dem gesagt, was ausgedrückt werden soll; der Inhalt ist hier modificirt, aber die Figur beruht nicht auf Vergleichung. — Sag ich mit Shakspeare: Durchbohrt hat mich der Lästrung gift'ger Speer, so ist der Gedanke: Lästrung hat mir so tiefen Schmerz gebracht, *) als wär ein Speer und zwar ein vergifteter durch meinen Körper gedrungen. Hier beruht die Figur auf Vergleichung.

Wir wissen wohl, daß die Rhetorik nur das Figur nennt, was die Form der Rede verändert. Wiederholung, Auslassung, Einschaltung, Versetzung ⁊c.; man erlaube uns indeß, das im Deutschen eingebürgerte Wort auch für die Tropen zu gebrauchen, d. h. für jede Umgestaltuug oder Ergänzung und Illustration der allgemein adoptirten Rede des Verstandes. Wir hätten so:

I. Figuren, die sich auf die Form der Darstellung be=
ziehen,

II. Figuren, die den Inhalt umgestalten, ergänzen oder illustriren und zwar

    A. Figuren, die nicht auf Vergleichung beruhen,

    B. Figuren, denen eine Vergleichung zu Grunde liegt.

---

*) mich so zu Grunde gerichtet.

Wir werden uns erlauben, bei Aufzählung und Erör=
terung der einzelnen Figuren, wie Dichter und Schrift=
steller in Prosa sie als Darstellungsmittel verwenden, auf=
merksam zu machen, daß Gleichniß, Personification u. s. w.
zum Inhalt ganzer Darstellungen werden können und
auch diesen einige Aufmerksamkeit schenken.

I.

Figuren, die sich auf die Form der Darstellung beziehen. (Figuren der Satzbildung.)

1. Die Versetzung (Inversion) ist die Abwei=
chung von der natürlichen Wort= und Satzfolge. Durch
seinen Reichthum an Biegungsformen besitzt das Deutsche
die Fähigkeit, die Satztheile und die Theile eines größern
Satzganzen mannigfaltig umzustellen. Diese Versetzungen,
denen doch wieder bestimmte Gesetze zu Grund liegen, sind
hier nicht gemeint, sondern solche, wo ein Wort oder ein
Satz zum Zwecke der Hervorhebung oder dichterischer An=
ordnung aus seinem Zusammenhang herausgerissen wird
und eine ungewöhnliche Stelle erhält. Beispiele: Sie
lassen sich nicht wieder zurückführen die schönen Tage der
Jugend. — Sie welken schnell, die Freuden dieses Lebens,
und wir, wir welken ihnen nach. — Wahrhaftigkeit, die
reine, hätt’ uns alle, die welterhaltende, gerettet. — Das
Unglück braucht, das hoffnungslose, keinen Schleier mehr.
— Wars Unrecht, an dem Gaukelspiele mich der königlichen
Hoffnung zu ergötzen? — Die jetzt in wilden Wirbeln
drehn, die Wasser werden auferstehn.

> Noch einen reiche mir aus Lethe’s Fluten,
> Den letzten kühlen Becher der Erquickung! (Göthe.)

Und als ich seinen Zorn entflammt, rasch auf den
Drachen sprang ich los. — Aufgaben: Gib in diesen

Beispielen die natürliche Wortfolge an! — Führe besonders aus der poetischen Lektüre Beispiele von Versetzungen auf!

2. Die Frage wird zur Redefigur, wenn sie keine Antwort heischt, sondern die Behauptung verstärkt. Oft fragt der Sprechende oder Schreibende und gibt sich selbst die Antwort. — Gibts schönre Pflichten für ein edles Herz als ein Vertheidiger der Unschuld sein? — In wie viel Noth hat nicht der gnädige Gott über dir Flügel gebreitet? — Wie groß ist des Allmächt'gen Güte! Ist der ein Mensch, den sie nicht rührt? —

Wer soll Meister sein?
Wer was ersann.
Wer soll Geselle sein?
Wer was kann.
Wer soll Lehrling sein?
Jedermann.   (Göthe.)

Wer hat die weißen Tücher
Gebreitet über das Land?
Die weißen, duftenden Tücher
Mit ihrem grünen Rand?
Und hat darüber gezogen
Das hohe, blaue Zelt?
Darunter den bunten Teppich
Gelagert über das Feld? —
Er ist es selbst gewesen,
Der gute, reiche Wirth
Des Himmels und der Erden,
Der niemals ärmer wird.   (W. Müller.)

Was hält uns aufrecht im Gewand von Staube?
Der Glaube.

Wir begnügen uns mit diesen Beispielen; es wird dem Schüler nicht schwer fallen, aus seinen Büchern zum Lesen und Memoriren deren zu Dutzenden aufzuführen. Durch Verwandlung der fragenden in die Behauptungsform wird

es ihm klar werden, wie jene nicht nur dem erregten Ge=
müthe entspringt, sondern auch beim Hörer die Aufmerk=
samkeit steigert.

3. **Die Auslassung (Ellipse).** Dem durch Zorn,
Furcht, Erstaunen, Entzücken aufgeregten Gemüthe entstürzt
die Rede leicht abgebrochen, satzlich unvollständig. Auch die
Sprichwörter, diese Weisheit auf der Gasse, nehmen gern
eine sprachlich verstümmelte Form an. Beispiele: Ach,
über dieses schale Wortgeklingel! — Nochmals die Grobheit
dieses Menschen herausfordern? — In Vorzimmern unter
dem Troß der Höflinge stehen! vor den Großen zur Erde
mich bücken! ihre albernen Reden beklatschen! auf Schmeiche=
leien sinnen! Nein. — Gute Zucht, gute Frucht. — Fette
Küche, magere Beutel. — Aus den Augen, aus dem Sinn.
— Mitgegangen, mitgefangen, mitgehangen. — Gut ver=
loren, Nichts verloren; Muth verloren, viel verloren; Ehre
verloren, Alles verloren. — Wer mir Bürge wäre! —
wenns aus wäre mit diesem letzten Athemzug — aus wie
ein schales Marionettenspiel! — Wenn die Form zersprang!
wenn der Guß mißlang! — Eilende Wolken! Segler der
Lüfte! wer mit euch wanderte! wer mit euch schiffte! —
Daß mir eine Aussicht bliebe! — Schwingt die Seele sich
in Bügel, daß sie nicht verlier' die Zügel! — Aufgaben:
Der Schüler stelle die vollständige satzliche Form in obigen
Beispielen her! — Er suche Sprichwörter, die Ellipsen
bilden.

4. **Die Einschaltung (Parenthese).** Wie dem
aufgeregten Gemüthe die Rede lückenhaft wird, so kann ihm
auch mitten in seiner Aeußerung ein dieser fremder Ge=
danke sich drängen, den er nicht abweisen will und den er
unverbunden dazwischen stellt. — Beispiele:

Er ruhet nun;
Ich werde ruhn,
Wie Er im kühlen Grabe,
Wann ich — lebt' ich ach wie Er! —
Einst gelebet habe. (Herder.)

Bedenk, auf ungetreuen Wellen, —
Wie leicht kann sie der Sturm zerschellen! —
Schwimmt deiner Flotte zweifelnd Glück!   (Schiller.)

Laßt mich mein Brot, —
Gewann ichs doch mit Schweiß und Noth! —
Ohn' eure Hülfe nun genießen!

Nun ist — wie dürstete sie! — die Erd erquickt, und der Himmel der Segensfüll' entlastet. (Klopstock.) — Alle Geister — es gibt hier Verirrungen, aber keine einzige Aus= nahme — alle streben nach dem Zustande der höchsten freien Äußerung ihrer Kräfte, alle besitzen den gemeinschaftlichen Trieb, ihre Thätigkeit auszudehnen. (Schiller.)

5. Die Wiederholung (Repetition). Worte und Sätze, auf die man Nachdruck legen will, werden wieder= holt. Ein lyrisches Gedicht bringt oft im Anfang oder am Schluß jeder Strophe dasselbe Wort oder denselben Satz, weil dieser Gedanke das ganze Lied beherrscht. Kehrvers, Refrain. Mitunter werden auch ganze Strophen wieder= holt und heißen Kehrstrophen. — Beispiele:

Und immer höher schwoll die Flut,
Und immer lauter schnob der Wind,
Und immer tiefer sank der Muth;
O Retter, o Retter, komm geschwind!   (Bürger.)

Mir reift kein Korn, mir färbt sich nicht
Die Traub' am Stock, die Frucht am Ast;
Mir raucht kein Herd, mir deckt kein Dach
Allnächtlich meines Bettes Rast.   (Wackernagel.)

Aus der Jugendzeit, aus der Jugendzeit
Klingt ein Lied mir immerdar:
O wie liegt so weit so weit, o wie liegt so weit,
Was mein einst war.   (Fr. Rückert.)

Liebliche Blume,
Bist du so früh schon
Wiedergekommen?
Sei mir gegrüßet,
Primula veris!

Leiser denn alle
Blumen der Wiese
Hast du geschlummert,
Liebliche Blume,
Primula veris!

Dir nur vernehmbar
Lockte das erste
Sanfte Geflüster
Weckenden Frühlings,
Primula veris!

Mir auch im Herzen
Blühte vor Zeiten
Schöner denn alle
Blumen der Liebe
Primula veris!

(Lenau.)

Heilig, heilig, heilig! tönt es in Mark und Gebein. —
Du fließest, fließest, Blut fürs Vaterland. — Süßer Friede,
komm' ach komm in meine Brust!

Sei mir gegrüßt, mein Berg mit dem röthlich strahlenden Gipfel,
Sei mir, Sonne, gegrüßt, die ihn so lieblich bescheint!

(Schiller.)

Endlos unter mir seh ich den Aether, über mir endlos;
Blicke mit Schwindeln hinauf, blicke mit Schaudern hinab.

(Schiller.)

Kinder und Dichter, als wollten sie mit ungeduldiger
Hast Alles auf einmal sagen, wiederholen gerne das Binde=
wort und, statt es nur zwischen den zwei letzten Worten
oder Sätzen zu brauchen. Wir erinnern an Schillers Schil=
derung der Hausfrau in der Glocke: Und drinnen waltet
die züchtige Hausfrau ꝛc., ferner: Und es wallet und siedet
und brauset und zischt, wie wenn Wasser mit Feuer sich
menget

Und sieh! aus dem finster flutenden Schooß
Da hebet sichs schwanenweiß,
Und ein Arm und ein glänzender Nacken wird bloß,
Und es rudert mit Kraft und mit emsigem Fleiß,
Und er ists, und hoch in seiner Linken
Schwingt er den Becher mit freudigem Winken.

(Schiller.)

Aufgaben: Gib aus Gedichten des Lesebuches Wieder=
holungen an! ferner aus der Bergpredigt und andern Ab=
schnitten des Evangeliums! (Erschütternd besonders Mark.
9, 43 bis 49.) Wie kommt es, daß der Dichter in Kehr=
verse oder Kehrstrophen ausbricht? Erläutre das an Uh=
lands: „Ich bin der Knab vom Berge," und an Chamisso's:
„Die Sonne bringt es an den Tag."

Als Anhang zur Wiederholung bringen wir hier
noch unter — die Annomination: derselbe Begriff sub=
stantivisch und adjektivisch oder als Substantiv und als
Verb. — Beispiele: Gar schöne Spiele spiel' ich mit dir.
— Eine Freiheit macht uns alle frei. — Dort hinter diesen
Fenstern verträumt' ich den ersten Traum. — Leben belebt
Leben, und Kinder erziehen besser zu Erziehern als alle
Erzieher (J. Paul). — Ich singe meinen letzten Sang.

6. Die Steigerung (Gradatio). Eigentlich ge=
hören hieher nur die An= oder Abschwellungen der einzelnen
Glieder eines größern Satzganzen, z. B.: Die Sonne, die
dich erleuchtet und erwärmt; der Mond, der dich des Nachts
mit seinem Scheine leitet; der Abend, der stets auf den
Morgen und der Morgen, der stets auf den Abend folgt;
das zahlreiche Heer der Sterne, das deinen Geist mit sich
emporhebt, fortreißt, bis zur Gottheit erhebt, und ihn zu=
letzt in die entzückendsten Ahnungen, Hoffnungen, Aussichten
sich verlieren läßt; — was sagt dir dieses alles anders als:
Gott ist die Liebe, und seine Liebe ist unerschöpflich reich; sie
gehet, so weit die Himmel reichen; sie umfaßt alle Welten!
(Zollikofer, aus Gözinger.) — Doch rechnet man auch hie=
her die Ordnung der Begriffe nach ihrem zu= oder abneh=
menden Umfang, z. B.: Dieser Mann ist nicht mehr unter
uns: entrissen ist er seiner trauernden Familie, seiner ver=
waisten Vaterstadt, dem Heimatkanton, dem er viel genützt,
dem Vaterland, das er wie selten Einer geliebt. — Kein
Baum, kein Strauch, kein Grashalm belebt die endlose
Wüste. — Keine Stunde, keine Minute, kein Augenblick
beines Lebens gehe bedeutungslos vorüber!

7. **Nachahmung des Inhalts durch den Wort=
klang (Onomatopöie).** Durch die Häufung gewisser Vokale oder Consonanten wird im Hörer feierlicher Ernst oder
Schrecken oder einschmeichelnde Lieblichkeit angeregt, selbst
ohne Rücksicht auf den Wortinhalt. Es ist nachgewiesen
worden, daß. auch die alten Griechen und Römer diese
Klangfiguren liebten (... ita sensim sine sensu aetas
senescit. Cicero de Senectute).

Und es wallet und siedet und brauset und zischt,
Wie wenn Wasser mit Feuer sich menget;
Bis zum Himmel spritzet der dampfende Gischt
Und Flut auf Flut ohn' Ende sich dränget. (Schiller.)

Ein schwefelgelber Wetterschein
Umzieht hierauf des Waldes Laub;
Angst rieselt ihm durch Mark und Bein
Ihm wird so schwül, so dumpf, so taub. (Bürger.)

Malmend zerstampfet das Feld im geviertelten Takte der Huf=
schlag. (Voß, nach Homer.)

Hurtig mit Donnergepolter entrollte der tückische Marmor.
(Voß, nach Homer.)

Da gießet unendlicher Regen herab
Von den Bergen stürzen die Quellen,
Und die Bäche, die Ströme, sie schwellen.
Und er kommt ans Ufer mit wanderndem Stab —
Und donnernd sprengen die Wogen
Des Gewölbes krachenden Bogen. (Schiller.)

Und hurre, hurre, hop, hop, hop,
Giengs fort in sausendem Galopp,
Daß Roß und Reiter schnoben
Und Kies und Funken stoben. (Bürger.)

Und wenn der Sturm im Walde braust und knarrt,
Die Riesenfichte stürzend Nachbaräste
Und Nachbarstämme quetschend niederstreift
Und ihrem Fall dumpf hohl der Hügel donnert,

Dann führst du mich zur sichern Höhle, zeigst
Mich dann mir selbst; und meiner eignen Brust
Geheime, tiefe Wunden öffnen sich.   (Göthe, Faust. 1. Th.)

Es wird in Prosa, besonders in Sprichwörtern, noch
mehr aber in Versen ein Gleichklang der Laute gesucht, der
durch Einwirkung auf das Gehör die Vorstellung des Mit=
getheilten verstärkt und reizender macht. Allen modernen
Sprachen gilt der Reim als wesentliches Mittel, die poe=
tische Darstellung zu verschönern. Wir unterscheiden drei
Arten der Reime. Beruht der Gleichklang auf der Wieder=
holung desselben Vokals, so bekommen wir den Stimm=
reim, die Assonanz. Wiederholt sich in einer Reihe von
Wörtern, im Anfang, derselbe Consonant, so entsteht der
Consonantenreim, die Alliteration, auch Stab=
reim genannt. Sind die Vokale und die auslaufenden
Consonanten der Silben dieselben, dann tönt uns der ei=
gentliche, der volle Reim ins Ohr. — Obschon wir
keine Poetik schreiben, sondern die Figuren, wie sie der
Prosa und den Versen dienen, abzuhandeln gedenken, müssen
wir doch auf dieses Darstellungsmittel, dessen auch der
Volksmund nicht enträth, näher eingehen.

1. Der Stimmreim, die Assonanz. Beispiele
aus dem Leben: Kein Ort ohn' Ohr, — zu Stadt und
Land, von gutem Schrot und Korn, Spott und Hohn,
Sonn' und Mond, Scherz und Ernst, Tag und Nacht, mit
Wissen und Willen, hinter Glas und Rahmen, vom Hölz=
chen aufs Stäbchen springen; — angst und bang, kurz und
gut; — sich grämen und härmen; — ganz und gar. —
Hundert Jahre Unrecht ist keine Stunde Recht. Ein schla=
fender Fuchs fängt kein Huhn. Handwerk hat einen gol=
denen Boden. — Der Fuchs ändert wohl den Balg, aber
nicht den Schalk. — Fremd Brot schmeckt wohl. — Aus
Dichtern. Uhland in „Roland und Alba."

Schon kehren die Vianer in die Stadt;
Gehoben wird die Brück', das Thor verwahrt.
Als Kaiser Karl es sieht, sein Blut aufwallt,

Laut auf er schreit, von wildem Zorn entbrannt:
„Wohlan zum Sturme wackre Ritterschaft!
Wer jetzt mir fehlt, was er zu Lehen hat,
Hab' er in Frankreich Bergschloß oder Stadt,
Thurm oder Veste, Flecken oder Mark,
Es wird ihm all dem Boden gleich gemacht, u. f. w.

Zeblitz: Unterm Schatten alter Linden
  Saß vor seines Hauses Gitter
  Abufar, der Abasside,
  Still in sich gekehrt und sinnend.
  Eben gieng vor seineu Blicken
  Purpurn in des Meeres Tiefen
  Allgemach die Sonne nieder,
  Während, wie durch Laub der Wipfel
  Leisen Rauchs, die Abendwinde
  Durch des Kreises Locken spielten, u. f. w.

Follen: Königsfelden.
  Wo die alte Vindonissa
  Unter grauem Anger schlummert;
  Wo, wie hohle Schädel, ragen
  Habsburg aus dem Grab, und Bruneck;

  Wo im räumig hintern Becken
  Limmat, Reuß und Aar verbunden,
  Rasch und kühn zur Grenze schreiten
  Eins wie einst die drei zu Uri.

  Dort erhebt, in finstrer Pracht
  Aus den Klostermauern lugend,
  Sich der Dom zu Königsfelden,
  Wo der König ausgeblutet, u. f. w.

2. Der Consonantenreim, Anreim, Allite=
ration. a. Substantive Verbindungen: in Bausch
und Bogen, Butter und Brot, durch Dick und Dünn,
Disteln und Dornen, Fürst und Volk, Fahnen und Flag=
gen, weder Fisch noch Fleisch, Geld und Gut, Gunst und

Gabe, Haus und Hof, Himmel und Hölle, mit Haut und
Haar, weder Huhn noch Hahn kräht darnach, Kappe und
Kugel, Kind und Kegel, was Küche und Keller vermag.
Kisten und Kasten, Kränze und Kronen, Lust und Liebe,
Land und Leute, Leib und Leben, Schiff und Geschirr,
Mann und Maus, bei Nacht und Nebel, nicht Rast noch
Ruh, Schimpf und Schande, Sing und Sang, Sammet
und Seide, über Stock und Stein, Schutz und Schirm,
ohne Scham und Scheu, sein Dichten und Trachten, Thür
und Thor, Wind und Wetter, Wittwen und Waisen, Wohl
und Weh, Wort und Werk, mit Wissen und Willen,
Wonne und Wehmuth, Wunsch und Willen, Wehr und
Waffen, Zaum und Zügel.

b. **Adjektivische Verbindungen:** blond und blau,
frisch, froh, fromm, frei — fix und fertig, gäng und gäbe,
gelb und grün, matt und müde, niet- und nagelfest, wüst
und wirr.

c. **Verbale Verbindungen:** biegen oder brechen,
beten und bitten, glänzen und gleisten, hoffen und harren,
wie er leibt und lebt, lenken und leiten, pochen und prah=
len, wanken und weichen, zittern und zagen.

d. **Adverbiale Verbindungen:** ganz und gar, hin
und her, kreuz und quer, nun und nimmermehr, sammt
und sonders.

e. **Alliteration in Sätzen:** Gleich und Gleich ge=
sellt sich gern; er muß zum Kreuz kriechen. Es ist nicht
Alles Gold was glänzt. Aller Anfang ist schwer, Übung
macht den Meister.

Wonne weht von Thal und Hügel,
Weht von Flur und Wiesenplan,
Weht vom glatten Wasserspiegel,
Wonne weht mit weichem Flügel
Des Piloten Wange an.　　　(Bürger.)

Wehe, wenn sie losgelassen,
Wachsend ohne Widerstand,
Durch die volkbelebten Gassen
Wälzt den ungeheuren Brand!　　　(Schiller.)

Lenzluft lockt, — Friede frommt, — Kinder kosen köstlich.

Roland der Ries', am	Roland der Ries', am
Rathhaus zu Bremen	Rathhaus zu Bremen,
Steht er im Standbild	Kämpfer einst Kaisers
Standhaft und wacht.	Karl in der Schlacht, u. f. w.

(Rückert.)

3. Der eigentliche oder volle Reim kommt in folgenden Wortverbindungen und Sprichwörtern vor: Ehestand Wehestand, Freud und Leid, durch Felder und Wälder, Handel und Wandel, in Hülle und Fülle, Knall und Fall, auf Lug und Trug sinnen, in Noth und Tod, mit Sack und Pack, Schritt und Tritt, Salz und Schmalz, Stein und Bein, Zeit und Ewigkeit; — schlecht und recht, geschmiegelt und gebügelt, erbaulich und beschaulich; — hegen und pflegen, schwärmen und lärmen, schalten und walten; hüben und drüben, weit und breit. — Wie gewonnen, so zerronnen; — der Mensch denkt, Gott lenkt; — heut roth, morgen tod, — der Hehler ist so schlimm wie der Stehler, — Glück und Gras wie bald bricht das! — heute mir, morgen dir; — Borgen bringt Sorgen; je gelehrter desto verkehrter, — der Horcher an der Wand hört seine eigne Schand, u. f. w.

Der Reim ist männlich, wenn er auf Einer Begriffssilbe ruht: lang, Gang, Gesang, — Kraft, Saft, Haft, Schaft; — weiblich, wenn eine Haupt= und eine Nebensilbe ihn tragen: höhnen, fröhnen, krönen; — binden, finden; — schwächlich, gemächlich; — gleitend, wenn drei Silben ihn bilden: Und ihr selbst seid ja Vernünftige, die im Jetzt erschaun das Künftige. — Auch die Rebe weint, die blühende, draus der Wein, der purpurglühende in des Herbstes Tagen Kraft und Freude gebend quillt. (Uhland.)

Christ ist erstanden!	Christ ist erstanden!
Freude dem Sterblichen,	Selig der Liebende
Den die verderblichen	Der die betrübende
Schleichenden, erblichen	Heilsam' und übende
Mängel umwanden.	Prüfung bestanden!

(Göthe.)

II.

Figuren, die den Inhalt umgestalten, modifi-
ciren oder illustriren.

A. Figuren, die nicht auf Vergleichung beruhen.

1. Die Vertauschung (Synekdoche und Meto-
nymie).

a. Theil und Ganzes. Wir flehen um ein wirth-
lich Dach (statt Haus). Betritt meine Schwelle nicht
mehr! Fünfzig Segel verließen gleichzeitig den Hafen.
Wie lieblich sind auf den Bergen die Füße derer, die
Frieden verkündigen! Weitere Vertauschungen: Brot statt
Nahrung, Rock statt Kleid, Frühling oder Winter statt
Jahr, Blatt statt Buch, Stamm statt Baum, Pflaster statt
Gasse, Wort statt Satz, Säbel, Bajonette statt Waffen. —
Aufgaben: Bringe diese Vertauschungen in passenden
Sätzen an!

b. Bestimmte und unbestimmte Zahl, bestimm-
tes Maaß und unbestimmtes. Hoch steht das blaue
Himmelszelt, da rollen hundert tausend Sonnen. — Ein
gut Gewissen ist tausend Zungen werth. — Bücke dich lieber
dreimal zu viel als einmal zu wenig. — Was man mor-
gens um 4 Uhr thut, das kommt einem abends um 9 Uhr
zu gut. — Nicht nur siebenmal sollst du verzeihen, sondern
siebenzig mal siebenmal! — Ich danke tausend mal. —
Zwanzig Male des Tages mußte sie wegen Vergeßlichkeit
getadelt werden. — Aufgabe: Gib die eigentlichen Aus-
brücke statt der hier gebrauchten uneigentlichen!

c. Die Einzahl statt der Mehrzahl: Der Fran-
zose bezaubert durch seine Manier (statt die Franzosen be-
zaubern). Es ist nicht des Schweizers Art mehr zu ver-
sprechen als er zu halten gesonnen ist. — Der Grieche
verachtete als Barbar Jeden, der seine Sprache nicht sprach.
— Mir reifet nicht die Aehre am Halm, der Apfel am
Baum, die Traube am Weinstock.

d. **Individuum statt Gattung und umgekehrt:** Wer sind die Demosthene, die Cicerone unsrer Zeit? — Kein Homer hat die Thaten unsrer Väter besungen. Wenn die kühleren Tage kommen, streift er, ein Nimrod, ganze Tage mit der Flinte in Feld und Wald herum. — Auch ich war in Arkadien geboren. Meine Abgeschiedenheit dünkte mir ein neues Tempe. — Wo wohnen denn die Telle, wo die Winkelriede, deren Preis so helle klingt im alten Liede? (Rückert.) — Was den großen Ring bewohnet, huldige der Sympathie. (Schiller.) — Planet statt Erde. Zöllner und Fischer statt Mathäus und Johannes.

Diese Vertauschungen heißt die Rhetorik **Synekdoche**, Mitbezeichnung.

e. **Ursache und Wirkung:** Nicht Dank hat er gesät in diesen Thälern. (Schiller.) — Die Hand modert im Grabe, die mir diese Thränen schrieb. (H. Lingg.) — Ein warm Behagen weht. (Fröhlich.) — Der Schweiß des Land=manns sproßt schon auf den Feldern. — In den öden Fen=sterhöhlen wohnt das Grauen. (Schiller.) — Ich bitt' euch, rüstet euch zur schnellen Reise: Wir müssen diese Furcht in Fesseln legen, die auf zu freien Füßen jetzo geht. (Sh. Hamlet.)

f. **Urheber und Bewirktes:** Wie, du liesest den Homer griechisch? — Ich nehme meinen Uland zur Hand. — Beethoven bietet seinen Fingern keine Schwierigkeiten mehr. — Ein Raphael wird oft mit vielen tausend Gulden bezahlt. — Unsre Gemäldegallerie besitzt eine Menge Ru=bens und Van Dyks. — Sie haben Mosen und die Pro=pheten.

g. **Stoff und das daraus Verfertigte:** Kein Marmor schmückt sein Grab. Weh, das tödtliche Blei sitzt mir in der Brust! Mein Beutel enthält mehr Kupfer als Silber und Gold. Laßt mir den besten Becher Weins in purem Golde reichen! (Göthe.) Die Zither ruht in seiner Linken, die Rechte hält das Elfenbein. (A. W. Schlegel.) Wenn Einer sich vor der Welt schon mit Tinte reinigt,

so ist der vor Gott noch nicht rein. — Leinwand statt Ge=
mälde, Eisen statt Schwert, Holz statt Kreuz.

h. **Werkzeug und die damit geübte Kunst oder
Beschäftigung:** Es ist schwer zu sagen, ob die Presse
mehr geschadet oder genützt habe. Meißel und Pinsel haben
das Andenken des großen Mannes verewigt. Eine kleine
Küche macht ein großes Haus! Läßt man den Bratspieß
nimmer ruhn, hat bald der Löffel nichts mehr zu thun. —
Feder oder Griffel statt Schreibekunst, Schwert statt Krieg,
Winzermesser st. Weinlese. Scheere und Nadel st. Kleider=
macherkunst, falsche Waage st. Betrug im Auswägen, Zunge
statt Sprache.

i. **Ort und Bewohner:** Alle Lande kamen nach
Aegypten, Getreide zu kaufen. Halb Aarau stand beim
Bahnhof, die gekrönten Sänger zu begrüßen. Frankreich
fiel unversehens über Preußen her.

k. **Eigenschaft statt des Besitzers derselben:**
Krone und Zepter müssen hundert Augen haben. Er zog
den Oehlzweig dem blut'gen Lorber vor. Die römischen
Adler drangen bis zur Weser vor. Thron und Altar lagen
lang im Streit. Unsre Fahnen flatterten schon am Rhein.
Der Kampf des Kreuzes gegen den Halbmond rief einst die
Theilnahme aller Gebildeten Europas wach. — Die hohe
Pforte (Regierung des Sultans). Der heilige Stuhl (Re=
gierung des Pabstes). — Die weiße und die gelbe Schürze
vertragen sich aufs beste, d. h. der Bäcker und der Gerber.

Die Rhetorik begreift die Vertauschungen von e. bis e.
unter den Namen Metonymie, welcher eben Vertauschung
heißt. — **Aufgaben:** Der Schüler ordne die ihm vom
Lehrer vorgesprochenen Beispiele von Vertauschungen (bei
geschlossenem Buch oder Heft) unter die obigen Rubriken!
Er gebe aus seiner Lektüre Beispiele von Inhaltsvertau=
schungen an! — Er setze in folgenden Sätzen die eigent=
lichen Ausdrücke und sage, worauf die Vertauschung beruht.
Der Schuster bleibe bei seinem Leisten! Dem Verdienst
werde seine Krone! Ein williges Herz macht leichte Füße.
Sammet und Seide auf dem Leib löschen das Feuer auf

dem Heerde. Eine Hand voll Verstand ist besser denn ein Viertel Gold. Der Eine hat die Mühe, der Andre hat die Brühe. Der Wein schwemmt mehr Häuser weg als der Rhein. Im Becher ertrinken mehr Leute als im Meere. Richte den Mund nach dem Beutel! Mancher sagt: Weß Brot ich eß', deß Lied ich sing'. Man soll dem lieben Gott nicht in sein Rathhaus steigen wollen. Mancher Reisende verändert wohl das Gestirn, aber nicht das Gehirn. Falsche Zunge bestehet nicht. Ehre die grauen Haare! Laß deine Augen wach sein, so wirst du Brotes genug haben. Fleißige Hand wird herrschen, aber die lässige wird müssen zinsen. Tadel bringt tiefer ein bei Verständigen, als hundert Schläge der Thoren. Das Roß wird gerüstet zum Tage des Strei=
tes; von dem Herrn aber kommt der Sieg. Wer seine Lip=
pen zügelt, handelt klüglich.

2. Die Verstellung (Jronie, Satyre). Es ist schon gesagt worden, daß man im Verkehr mit Angehörigen, zur Erheiterung oder zu unschuldiger Neckerei, bisweilen das Gegentheil von dem sagt, was man sagen will. Soll die Verstellung Laster oder Thorheit geißeln, so wird sie zur Satyre. Es gibt Schriftsteller, die diese Figur zum Gegen=
stand größerer Darstellungen gemacht haben. — Wir lassen's uns nicht verdrießen, daß in den ausgewählten Beispielen die Jronie schon bisweilen auf einer Vergleichung beruht. Lehrer und Schüler werden sich zu helfen wissen. Vielleicht gehen sie später gern, wenn ihnen das Gleichniß geläufig geworden, für einen Augenblick auf Jronie und Satyre zurück. — Beispiele: Ja er ist mild, wie Schnee der Frucht. (Shakspeare.) — Ists der im Nachen, den ihr sucht? sagen die Landleute spöttisch zu den Reitern, welche Baum=
garten verfolgen. Reitet zu! wenn ihr frisch beilegt, holt ihr ihn noch ein! — O Weisheit! du sprichst wie eine Taube! (Göthe.) Du bist mir ein sauberer Vogel! Mit Gewalt kann man eine Gais hinten herum lüpfen. Er steht früh auf, er muß helfen zu Mittag läuten. Es ist ihm so leid, als wenn dem Esel der Sack abfällt. — Hübsch thut hübsch, sprach ein Klotz zu dem andern. Das Ding ist mir

verleidet wie dem Bettler die Halbbaßen 2c. — Jesus sprach
zu den Pharisäern: Ich bin nicht gekommen, die Gesunden
zu heilen, sondern die Kranken. Nicht die Gerechten ruf'
ich auf zur Buße, sondern die Sünder. Die Juden riefen
ans Kreuz hinauf: Bist du Christus, so steig herab vom
Kreuz: dann wollen wir dir glauben. — Er hat Andern
geholfen und kann sich selbst nicht helfen! — Aufgaben:
Suchet in obigen Beispielen den eigentlichen Gedanken aus=
zusprechen. Gebet aus dem gemeinen Leben noch 12 bis 20
Beispiele von Ironie und Satyre!

3. Die Übertreibung (Hyperbel) braucht, um
einen Gedanken auszudrücken, stärkere Ausdrücke als die
eigentlichen wären. Statt von dem Helden Cid zu sagen:
er würde zwei Gegnern gewachsen sein, setzt der Dichter:
Zwei Gegner sind ihm wie ein Haar aus seinem Bart.
Auch diese Figur ist, wie die Ironie, im gemeinen Leben
und bei Schriftstellern in Versen und Prosa sehr beliebt. —
Beispiele: Die zorngepeitschte Flut will mächtigen
Schwalls den Schaum hinwerfen auf den glühnden Bären,
des ewig festen Poles Wacht zu löschen. (Shaksp. Othello.)
— Mit ihrer Sichel wird die Jungfrau kommen, und seines
Stolzes Saaten niedermähn; herab vom Himmel reißt sie
seinen Ruhm, den er hoch an den Sternen aufgehangen.
(Schiller.) — Dieses sind die ersten Mauern, die nicht bei=
nem Anblick zittern. (Cib.) — Wer führt sie? Einer, der
sich lebenslang nicht über seinen Schuh in Schnee gewagt.
(Sh. Rich. III.) — Er schreckt das Firmament mit Lanzen=
splittern! (Sh.) — Schweig! befehl' ich. Ich bins gewöhnt,
daß das Meer aufhorcht, wenn ich rede. (Sch. Fiesco.) —
Hinweg! sonst schüttle ich dir die Knochen aus den Aermeln.
(Sh. Cariolan.) — In meine Augen strömen alle Quellen,
daß ich hinfort, vom feuchten Mond regirt, die Welt in
Thränenfülle mög ertränken. (Shaksp.) — Da klagte also
heftig der kräftige Mann, daß das Haus ertosen seiner
Stimme begann. (Nibelungenlied.) — Die Luft mit Seuf=
zern kühlen, die See mit salz'gen Thränen füllen. (Sh.)
Noch schwebt der Sonn' ein Dunst von deinen Seufzern

vor. (Sh.) — Das Herz schlug ihm bis an den Hals. (Göthe.) — Einem Gast soll man den Aermel nicht aus=reißen.

O Ferdinand

Lächl' über mich nicht, daß ich mit ihr prahle;
Denn du wirst finden, daß sie allem Lob
Zuvoreilt, und ihr nach es hinken läßt.   (Sh. Sturm.)

Flueche het er chönne, ne Her im rußige Chemi hät si bsegnet und b'Sterne am Himmel hend zitteret.   (Hebel.)

Auf seinen Reisen läßt er sich nicht Gras unter den Füßen wachsen. Mit seinem Handwerk verdient er nicht kaltes Wasser. Er ist keinen Schuß Pulver werth. Sein Gedächtniß geht nicht über die Nase hinaus. Der Bauer im Koth erhält was stoht und goht. Handwerk hat einen goldenen Boden, u. s. w. — Aus dem neuen Testament: Der Glaube kann Berge versetzen. — Eher geht ein Kameel durch ein Nadelöhr, als daß ein Reicher ins Reich Gottes kommt. — Aufgaben: Suche 12 Sprichwörter auf, die Hyperbeln sind! — Setze in unsern Beispielen den eigent=lichen für den hyperbolischen Ausdruck!

4. Die Milderung (Moderation). Während die Übertreibung stärkere Ausdrücke wählt, als der Gedanken eigentlich verlangte, mildert diese Figur den eigentlichen Ausdruck. Anstatt zu sagen: Nachbar, tröstet ihr mein Weib, wenn mich der See verschlingt, sagt Tell (bei Sch.) nur: ....wenn mir was Menschliches begegnet! — Auch diese Figur erheitert die gemeine Rede und wird deßhalb viel angewendet, man möchte sagen: zu viel. Denn wie unendlich viele mildernde Ausdrücke haben wir für Trägheit, Verlogenheit, Trinksucht, Stehlen, Schwatzhaftigkeit u. a. Fehler. — Beispiele: Es kömmt nichts im Schlaf. — Die Alten sind auch keine Narren gewesen. Mancher zieht die Kinderschuhe seiner Lebtage nicht aus. Die Tage unsrer Menschlichkeit dauern von der Wiege bis zum Grab. Man=cher bekehrt sich von der Welt zu den Leuten. Es ist nicht Alles Gold, was glänzt. Seine Beine waren zu schwach,

gute Tage zu ertragen. Durch die Finger schauen, Fünfe grad sein lassen, sich selbst nicht vergessen, u. s. w. — Aufgaben: Suche mildernde Ausdrücke für Schwatzhaftigkeit, Trägheit, Geiz, Putzsucht, Verschwendung, Feigheit! — Gib in den obigen Beispielen den eigentlichen Ausdruck für den mildernden!

5. Gegensatz (Antithesis, Antitheton). Oft sucht man einem Gedanken Relief zu geben, indem man ihn dem vollen Gegensatz gegenüber stellt, oft gehören beide, Satz und Gegensatz, zur beabsichtigten Mittheilung, sind aber so gewählt, daß wesentlich der Contrast auf den Leser oder Zuhörer wirkt. — Beispiele: Er aber sprach: Und wehe euch, ihr Schriftgelehrten! Denn ihr beladet die Menschen mit unerträglichen Lasten und ihr berühret sie nicht mit einem Finger! (Luk. 11, 46.) Was ihr in Finsterniß saget, das wird man im Lichte hören; was ihr redet in's Ohr in den Kammern, das wird man auf den Dächern predigen. (Luk. 12, 3.) Was siehest du den Splitter in beines Bruders Auge und wirst nicht gewahr des Balkens in deinem Auge! (Matth. 7, 3.) Welcher ist unter euch Menschen, so ihn sein Sohn bittet um Brot, der ihm einen Stein biete? Oder so er ihn bittet um einen Fisch, der ihm eine Schlange biete? — Ihr verblendete Leiter, die ihr Mücken seiget und Kameele verschlucket! (Matth. 23, 24.) Statt Pferde blutig zu spornen, giengen wir uns wund auf Dornen. — Das Land zu stützen, blieb ich hier zurück, der ich, vor Alter schwach, mich selbst kaum halte. (Shaksp. Rich. II.) Richard, die süße Rose auszureißen und diesen Dornstrauch Bolingbroke zu pflanzen! (Sh. Rich. II.) — Oft adelt er, was uns gemein erschienen, und das Geschätzte wird vor ihm zu nichts. (Göthe.)

Und wo die Haare lieblich flattern,
Um Menschenstirnen freundlich wehn,
Da sieht man Schlangen hier und Nattern
Die giftgeschwollnen Bäuche blähn.   (Schiller.)

Melchthal:
Und weint die Königin in ihrer Kammer,
Und klagt ihr wilder Schmerz den Himmel an,
So seht ihr hier ein angstbefreites Volk
Zu eben diesem Himmel dankend flehn —
Wer Thränen ernten will, muß Liebe sä'n. (Schiller.)

Aus des Sängers Fluch von Uhland:

Weh euch, ihr duft'gen Gärten im holden Maienlicht!
Euch zeig ich dieses Todten entstelltes Angesicht, 2c.

—

Er wirft sein Schwert, das blitzend des Jünglings Brust durch=
bringt,
Draus statt der goldnen Lieder ein Blutstrahl hochaufspringt.

Im Pilgrim von St. Just. v. Platen kommen folgende
Gegensätze vor:

Gönnt mir die kleine Zelle, weiht mich ein:
Mehr als die Hälfte dieser Welt war mein.
Das Haupt, das nun der Scheere sich bequemt,
Mit mancher Krone wars bediademt.
Die Schulter, die der Kutte nun sich bückt,
Hat kaiserlicher Hermelin geschmückt.

—

Trost wohnt im Himmel, und wir sind auf Erben,
Wo nichts als Kreuz, als Sorg' und Kummer lebt. (Shaksp.)

—

Ich gebe mein Geschmeid für Betkorallen,
Den prächtigen Palast für eine Klause,
Die bunte Tracht für eines Bettlers Mantel,
Mein reich Geschirr für einen hölzernen Becher,
Mein Zepter für 'nen Pilgers Wanderstab,
Mein Volk für ein Paar ausgeschnitzte Heil'ge,
Mein weites Reich für eine kleine Gruft, —
Ganz kleine, kleine, unbekannte Gruft.
(Sh. Rich. II., ein entthronter König.)

6. **Der Widerspruch und Wortspiel (Oxymo=
ron).** Hauptwörtern werden Eigenschaften oder Handlun=
gen beigelegt, die mit ihnen im Widerspruch stehen oder zu
stehen scheinen, da die Verbindung in gewissem Sinne doch
möglich ist, z. B. ein beredtes Schweigen. Es kann das
Schweigen mächtiger wirken als große Beredsamkeit. Auch
wird bisweilen ein Wort in zwei verschiedenen Bedeutungen
so verwendet, daß dadurch scheinbar ein Widerspruch ent=
steht. Es wird so mit der Wortbedeutung gespielt. — An=
dere Beispiele: Hei, wie der weiße Jüngling in Sattel
sich schwang (Arndt von Blücher). Vater, es wird mir eng
im weiten Land. (Schiller.) — Sklaven waren die Nerone,
Epiktete waren frei. (Wessenberg.) Da ruft der Greis so
freudig bang: Sagt an, was ihr erschaut? (Uhland.) —
O süßes Graun! Geheimes Wehn! (Uhland.) — Cato
pflegte zu sagen: Daß er nie weniger müssig, als wenn er
müssig, noch weniger allein, als wenn er allein sei. —
Passiver Widerstand. — Ein Sturm im Glas Wasser. —
Eine Sündflut in der Nußschaale. — Laß die Todten ihre
Todten begraben! — Wir wollen uns beweisen .... als die
Unbekannten und doch bekannt; als die Sterbenden und
siehe, wir leben; als die Traurigen und doch allzeit fröh=
lich; als die Armen, aber die doch Viele reich machen; als
die nichts inne haben und doch Alles besitzen. (2. Cor. 6,
9 und 10.) Wenn ich schwach bin, dann bin ich stark. —
Und ob ich auch leide, bin ich doch selig. (Paulus.) Wer
sein Leben erhalten will, der wirds verlieren; wer aber sein
Leben verliert um meinetwillen, der wirds finden. (Matth.
16, 25.)

B. Figuren, denen eine Vergleichung zu Grunde liegt.

1. Das Gleichniß (Similitudo, Comparativ, Imago.)

> Und der Baum im Abendwind
> Läßt sein Laub zu Boden wallen,
> Wie ein schlafergriffnes Kind
> Läßt sein buntes Spielzeug fallen.   (Lenau.)

Diese vier Verse sind dem Gedicht: die Wurmalinger Kapelle — entnommen. Zur Herbstzeit besucht unser Dichter mit Uhland und Schwab diese Höhe, in der Nähe von Tübingen. Auf kurze Zeit hinter den Freunden zurückgeblieben, holt er sie auf der Heimkehr wieder ein und überrascht sie mit dem wundervollen Lied. Des Herbstes Ruh schmiegt sich an die verlassnen Grüfte, Vögel wandern nach dem Süden und der Baum läßt im Abendwind sein Laub zu Boden sinken. Dies ist der eigentliche Gedanke des Dichters, der gleichnißweise lautet: Ein schlafergriffnes Kind läßt sein (jerst noch hartnäckig festgehaltenes) Spielzeug zu Boden fallen. In dem zweiten sieht der Dichter den ersten gleichsam abgespiegelt, was er durch das Wörtlein wie zu verstehen gibt. — So haben wir denn in einem Gleichniß einen eigentlichen und einen gleichnißweisen Gedanken, die in einem oder mehreren Punkten (tertium comparationis) Aehnlichkeit besitzen. Die Wörter wie, gleichwie, gleichals fehlen mitunter und nur die Zusammenstellung der verglichenen Sätze deutet das Gleichniß an, z. B.:

> Hast ein Schatzhaus du gesehn
> Ohne Schloß und Riegel stehn?
> Freund, ein nimmer offner Mund
> Thut nur leere Scheunen kund.   (W. Müller.)

In den gleichnißweisen Gedanken ist freilich hier noch eine Metapher gewickelt, die man etwa so umschreibe: Ein immer offner Mund zeugt von innrer Leere. — Wie in der Einführung gesagt worden, dient das Gleichniß bald zur

Beleuchtung des Gedankens und wird auch im ernst abhan=
delnden Styl nicht verschmäht, bald zur Verschönerung des
Dargestellten. Der erstern Art ist folgendes von einem
Kirchenvater gebrauchte Gleichniß: Wie aus dem Meere
fruchtbare Inseln hervorragen, wo die Unglücklichen, die auf
den tobenden Wellen herumirren, einen Hafen der Ruhe
und einen Labequell finden, — so hat Gott in der von
Stürmen der Sünde bewegten Welt die christlichen Ge=
meinden gegründet, wohin Alle fliehen, die nach der Wahr=
heit und dem ewigen Heil verlangen und die dem Gericht
und dem Zorn Gottes entgehen wollen. — Dieses Gleichniß
zeigt uns den eigentlichen und den gleichnißweisen Gedanken
in paralleler, gleichmäßiger Entwicklung. In kürzern Gleich=
nissen finden wir es häufig so, nur daß Begriffe, die beiden
Theilen angehören, nur einmal genannt werden (Zusammen=
ziehung), z. B.: Fremdes Gut frißt das eigene, wie neuer
Schnee den alten. — Wie auf dem Lager sich der Seelen=
kranke, wirft sich der Strauch im Winde hin und her. (Le=
nau.) — O wie hab' ich geschmachtet in öder Fremde!
Gleich einer welken Blume in des Botanikers blechernen
Kapsel lag mir das Herz in der Brust. (Heine.) Der
Faule dreht sich auf seinem Lager, wie die Thür in der
Angel. — Wenn der Genuß eine sich selbst verzehrende
Rakete ist, so ist die Heiterkeit ein wiederkehrendes, lichtes
Gestirn. (J. Paul.) — Schön wie die bethaute Rose, glänzte
sie in ihren Thränen. (Cid.) — Wie eines Mörders Seele,
so bang und schwer war die Nacht. (A. Grün.) — Hoch=
fahrend sind sie beid' und in der Wuth. — Taub wie die
See, rasch wie des Feuers Glut. (Sch.) — Ajax aber sprang
jetzt auf die Trojaner hinein und wälzte Leichen vor sich
her, wie ein Lavastrom im Herbste dorrende Kiefern und
Eichen. (Schwab, die schönsten Sagen 2c.) — Jerusalem,
Jerusalem, die du tödtest die Propheten, und steinigest, die
zu dir gesandt sind: wie oft hab ich deine Kinder versammeln
wollen, wie eine Henne versammelt ihre Küchlein unter ihre
Flügel, und ihr habt nicht gewollt! (Matth. 23, 37.)
Den eigentlichen wie den gleichnißweisen Gedanken in

ausführlicher Entwicklung zeigen besonders die epischen Dich=
ter der Griechen und Römer, so daß ihre Gleichnisse oft
lange Reihen von Versen in Anspruch nehmen. Bei neuern
Dichtern und Prosaikern erhält das Gleichniß selten diese
Breite. Zwei Fälle sind hier möglich: entweder entwickelt
sich der eigentliche Gedanke zu seinem vollen Umfang und
der gleichnißweise ist nur angedeutet (**a**) oder der gleichniß=
weise breitet sich aus und der eigentliche deutet nur auf
diesen Spiegel als auf seine Ergänzung hin (**b**).

a. Wie ein Betrunkener taumelt er umher, von schweren
Sorgen für die Gegenwart hingenommen, von noch schwe=
reren für die Zukunft erschreckt. — Dieser Mensch führt
ein Stillleben: wie ein sanftfließender Bach, so gehen seine
Tage ruhig und gleichmäßig vorüber; keine ungewöhnlichen
Ereignisse stören ihn; die Vergangenheit läßt ihn nichts be=
dauern, die Zukunft sieht er gefaßt und heiter herbeikommen.

b.   Ein Schneeball und das böse Wort
        Sie wachsen, wie sie rollen fort;
        Eine Handvoll wirf zum Thor hinaus,
        Ein Berg wirds vor des Nachbars Haus.

(W. Müller.)

Das Genie ist ein Wallfisch, der eine Idee drei Tage
und drei Nächte in seinem Bauch halten kann und sie dann
lebend ans Land speit; oder bald durch die Tiefe in stiller
Größe dahin fährt, daß die Völker der Wasserwelt ein kaltes
Fieber ankommt; bald herauf fährt in die Höhe, mit Drei=
mastern spielt, auch wohl mit Ungestüm aus dem Meere
plötzlich hervorbricht und große Erscheinungen macht. (Clau=
bius.) — Ein ander Gleichniß redete er zu ihnen und
sprach: das Himmelreich ist gleich einem Sauerteig, den ein
Weib nahm und vermengte ihn unter drei Scheffel Mehls,
bis daß er gar durchsäuert ward. (Matth. 13, 33.)

Mehrere von den Gleichnissen Jesu gehören hieher, in=
dem sie den eigentlichen Gedanken nur andeuten und den
gleichnißweisen vollständig entwickeln. — In den Gleich=
nissen vom vierfachen Ackerfeld und vom Unkraut unter

dem Waizen hat Jesus den Jüngern, auf ihren Wunsch, die einzelnen Vergleichungspunkte selbst angegeben.

Was den Stoff betrifft, der zu den gleichnißweisen Gedanken verwendet wird, so muß darüber Folgendes beigebracht werden. Alle Sprache geht von sinnlichen Wahrnehmungen aus. Ausdrücke, die sinnlich wahrnehmbare Gegenstände, Eigenschaften und Handlungen bezeichnen, sind auf geistige Begriffe übertragen worden. Der Wörtervorrath für die Erzeugnisse rein geistiger Funktionen ist überhaupt gering gegenüber dem aus der Sinnenwelt gewonnenen. Deßhalb sind manche Bezeichnungen metaphorisch, ohne daß wir daran denken, z. B. begreifen, fassen, darstellen, — einförmig, durchsichtig, klar, — Beschluß, Auskunft, Heimfall ꝛc. Bei dem Mangel an Bezeichnungen für rein geistige Vorgänge ist es auch nicht zu verwundern, daß sie mit solchen aus der sinnlich wahrnehmbaren Welt verglichen werden, z. B. Sein Zorn wird beim geringsten Widerspruch mächtig, wie wenn ein Funken in dürres Reisig fällt. Seltener wird Sinnliches mit Geistigem verglichen (Wie eines Mörders Seele, so bang und schwarz war die Nacht); häufiger noch Sinnliches mit Sinnlichem (Der Getroffene neigte sein helmbeschwertes Haupt zur Seite, wie ein Mohnhaupt unter dem Regenschauer des Frühlings sich beugt. Schwab, Iliade). So hätten wir drei Fälle. Verglichen wird: 1. **Geistiges mit sinnlich Wahrnehmbarem,** 2. **Sinnliches mit Geistigem,** 3. **Sinnliches mit Sinnlichem.**

Aufgabe: Ordne die bisher vorgekommenen Gleichnisse unter diese drei Rubriken!

Ferner kann der Stoff zu Gleichnissen den Vorkommenheiten und Beschäftigungen des täglichen Lebens, der Märchen-, der Fabel-, der Sagen- und Legendenwelt entnommen sein, und wir bekommen somit Parabel-, Märchen-, Fabel-, Sagen- und Legendengleichnisse. Oft ist das Gleichniß, wie andere Figuren, nicht nur ein Mittel, die Darstellung auf irgend einem Punkte zu heben und zu verschönern, sondern es wird selber **Gegenstand der Darstellung,** wie z. B. die acht Gleichnisse am See, über das Himmelreich, das vom verlornen Sohn, vom königlichen Hochzeitsmahle, vom barmherzigen Samariter u. v. a. Hier werde noch bemerkt, daß das Gleichniß edel sein muß, d. h. daß der gleichnißweise Stoff die eigentlichen Gedanken nicht herabdrücken darf von ihrer Würde.

Um dem Schüler Gelegenheit zu schaffen, seinen Scharfsinn zu üben, legen wir ihm noch eine Zahl von Gleichnissen vor, die er nach den angegebenen Requisiten ordnen mag:

An nun stürmt er gefaßt, wie ein hochher fliegender Adler,
Welcher herab auf die Ebne gesenkt aus nächtlichen Wolken
Raubt den Hasen im Busch, wo er sich hinduckt, oder ein
Lämmlein:
Also stürmete Hektor das hauende Schwert in der Rechten.
(Iliade.)

In seiner Entrüstung leuchtete Hektor wie ein Blitzstrahl des Donners.

Wenn du durch den Koth der Straße mußt mit neuen Schuhen
gehn,
Wirst du trippelnd auf den Spitzen nach den blanken Steinen
sehn;
Hat sie erst beschmutzt Ein Fleckchen, lernst du waten sicherlich:
Hüte, Kind, in deiner Seele vor dem ersten Flecken dich!
(W. Müller.)

Wie ein Hirsch lechzet nach Wasserbächen, so lechzet meine Seele nach dir, o Gott! — Die Gottlosen sind wie die Spreu, die der Wind zerstreut.

Wie in den Lüften der Sturmwind saust,
Man weiß nicht von wannen er kommt und braust,
Wie der Quell aus verborgnen Tiefen;
So des Sängers Lied aus dem Innern schallt,
Und wecket der dunkeln Gefühle Gewalt,
Die im Herzen wunderbar schliefen.
(Schiller.)

Wie die Alpenrose

Bleicht und verkümmert in der Sumpfesluft,
So ist für ihn (Tell) kein Leben als im Licht
Der Sonne, in dem Balsamstrom der Lüfte. (Schiller.)

Wenn der Sturm

In dieser Wasserkluft sich erst verfangen,
Dann rast er um sich mit des Raubthiers Angst,
Das an des Gitters Eisenstäbe schlägt. (Schiller.)

Gleich Wünschen der Menschenseele, so schweben sie (die Falken) himmelan. (A. Grün.) — Unablässige Thätigkeit führt zum Ziel, wie viele Streiche die Eiche fällen. Etwas Rechtes will Zeit haben, gleichwie Rom auch nicht an Einem Tag erbaut worden ist. Bruder Klaus sprach zu seinen Landsleuten: Folget der Lehre eurer Priester, wenn sie auch selber ihr nicht folgen: Frisches, klares Wasser trinkt man, die Röhre sei von Silber oder Holz. — Durch Schwierig= keiten und Kümmernisse gelangt man zu rechter Freude, wie man Charfreitag haben muß, bevor man Ostern feiern kann.

Aufgabe: Füge zu folgenden Gedanken je einen gleich= nißweisen: Ein Augenblick folgt unaufhaltsam dem andern. Müssiggang verderbt des Menschen Seele. Aus der Rede des Menschen läßt sich auf dessen Gemüthsbeschaffenheit schließen. Eine Seele, die fest auf Gott vertraut, bleibt auch im Ungemach stark. Wer viel verheißt und hält es nicht, ist wie .... Redliches Streben wird selten auf die Dauer verkannt. Der Geizhals genießt seine Schätze nicht. Mit ausdauerndem Fleiß kommt selbst das scheinbar Un= mögliche zu Stande. Gute Gedichte versetzen uns in eine glückliche Stimmung. Mit Bösen viel umgehen, verderbt das Herz. Zum Glück sind die Thaten meist nicht so weit gehend als die Worte. Reize nicht den Stärkeren zum Zorn gegen dich! Benutze zu all deinem Thun die günstige Zeit! Wir glauben, daß die menschliche Seele nach dem Tod zu neuem Sein übergehe! Der Rachsüchtige schadet nur sich selbst.

2. Die Metapher oder das abgekürzte Gleich=
niß: „In gährend Drachengift hast du die Milch der
frommen Denkart mir verwandelt." Als Gleichniß würde
diese allbekannte Metapher aus Schillers Wilhelm Tell so
zu fassen sein: Du hast mir die fromme Denkart ins Gegen=
theil verwandelt, wie Milch gährt und verderbt wird, wenn
man Drachengift hineingießt. — Nehmen wir noch eine an=
dere Metapher und erstellen wir daraus das Gleichniß, um
die vorgenommene Veränderung deutlicher zu machen: „Er
hat, mein Fürst, die zögernde Erlaubniß mir durch beharr=
lich Bitten abgedrungen, daß ich zuletzt auf seinen Wunsch
das Siegel schwieriger Bewilligung gedrückt. (Sh. Hamlet.)
.... Daß ich, wenn auch ungern, zuletzt seinen Wunsch
gewährt habe, wie ein Beamter lange zögert, unter ein
folgenschweres oder ihm widerwärtiges Aktenstück, das ihm
vorgelegt wird, das Siegel seiner Bestätigung zu drücken. —
Die Metapher setzt eine Vergleichung als richtig und ge=
läufig voraus und rückt die Ausdrücke des eigentlichen und
die des gleichnißweisen Gedankens so zusammen, als gehörten
sie ursprünglich zu einander. Demnach erfordert die Me=
tapher eine größere Behendigkeit der Einbildungskraft und
des Scharfsinnes, um richtig aufgefaßt und gewürdigt zu
werden, als das Gleichniß und die früher aufgeführten
Figuren. Sie besonders erhebt die Darstellung aus der
Sphäre gemeiner Wirklichkeit in eine ideale, die mit dichteri=
schem Zauber auf uns wirkt. Doch kann auch eine zu große
Menge der Metaphern die Auffassung hemmen und ver=
dunkeln, statt sie lichtvoller zu gestalten. Ist ferner die
Vergleichung zu weit hergeholt oder muß gar der Stoff des
vergleichungsweisen Ausdrucks durch gelehrte Noten dem
Leser erst verständlich gemacht werden, so fällt der Zauber
dahin, die Noth beginnt, die Sprache ist nicht mehr das
durchsichtige Medium, welches die Dinge deutlich und ver=
klärt uns zuführt. — Beispiele von Metaphern: Wir
glauben mit Vorsicht und Weisheit das Schiff unsers Lebens
zu regieren; und wüthet der Sturm nicht jeden Augenblick,
so lassen wir bei der ersten Windstille lässig die Ruder sinken

und scheitern träumend am Felsen. (Tiek.) — Durchbohrt
hat mich der Lästrung gift'ger Speer. (Sh.) — Quält seinen
Geist nicht! Laßt ihn ziehn! Der haßt ihn, der auf die
Folter dieser zähen Welt ihn länger spannen will. (Sh. Lear.)
— Ihr güt'gen Herrn, euer Mühe ist eingeschrieben, wo
das Blatt ich täglich umschlag' und les'. (Sh.) — Gottes
Wunder sind der Zunder, dran der Glaube Feuer fängt.
Kirchenlied.) — Am Stirnhaar laßt den Augenblick uns
fassen! — Aus der Nessel Gefahr pflücken wir die Blume
Sicherheit. (Sh.)

… **Verona's Bürger mußten sich**
Entladen ihres ehrenfesten Schmucks,
Und alte Speer' in alten Händen schwingen.
Woran der Rost des langen Friedens nagte. (Sh.)

Die Flügel der Zeit verscheuchen viele Wolken. — Du
gehst mit vollen Segeln. — Weh dem Fahrzeug, das, jetzt
unterwegs, in dieser furchtbarn Wiege wird gewiegt! (Sch.)
— Die Rosen der Zukunft, die Dornen des Lebens, der
Schnee des Alters, eine schweißbetriefte Eile, das blut=
getränkte Schwert, Verläumdungen schleudern, Zwietracht
sä'n, Segen pflücken u. s. w. — Unrichtige Metaphern, d. h.
wo der Vergleichungspunkt nicht zu finden, sind folgende:
Wir schöpften reiche Frucht aus diesem Ereigniß. Bei
der Ebbe der Herzen betteln gehn. Ein besserer Geschmack
blühte auf. Die Schneeflocken zerstachen den armen
Wanderer. Der Mund des Schiffes (statt der Schnabel des
Schiffes). Die Kugel schlendert zum Ziele hin. Der Sturm
koset mit den Blättern der Bäume. Schlossen thauen auf
die Saaten nieder.

Wir kommen noch auf die Metapher zurück, nachdem wir
die nächste Figur abgehandelt.

3. **Die Personendichtung, Personification.**
Personae fictio. Ich such auf einer andern Lebensbahn
des Glücks Almosen. (Sh. Othello.) — Die Waffen werden
ruhn, es führt der Sieg den Frieden an der Hand. (Sch.)
Es küsset in der Frühe das Morgenroth mich wach. (Geibel.)

Und die Kreuze stehn geneigt auf den Gräbern — schlafes=
trunken. (Lenau.) — Du darfst nicht beben vor der Pest,
die im Finstern schleicht, noch vor der Seuche, die den
Mittag schwärzt. (Pf. 91.)

> Auf dem Teich, dem regungslosen,
> Weilt des Mondes holder Glanz,
> Flechtend seine bleichen Rosen
> In des Schilfes grünen Kranz.   (Lenau.)

Die Sonne, die gar manche der schönen Länder gesehn,
Bleibt, um ihr Aug zu weiden, gern über Burgund doch stehn.
          (A. Grün.)

Schon guckten frische Halme verschämt zum Licht empor.
          (A. Grün)

Er zog sein Schwert und hieb damit die Winde,
Die, unverwundet, zischend ihn verhöhnten. (Sh. Romeo u. Julia.)

Der Morgen lächelt froh der Nacht ins Angesicht.   (Sh.)

Die matte Finsterniß flieht wankend, wie betrunken.   (Sh.)

Doch seht, der Morgen, angethan mit Purpur,
Betritt den Thau des hohen Hügels dort!   (Sh. Hamlet.)

Noch hier, Laertes? Ei, ei, an Bord! an Bord!
Der Wind sitzt in dem Nacken eures Segels
Und man verlangt nach euch.   (Sh. Ebenda.)

Wer Gutthat sendet aus, wie lang sie auf den Wegen
Mag bleiben, endlich kehrt sie heim zu ihm mit Segen.
          (Fr. Rückert.)

So die Gelegenheit grüßt, soll man ihr danken. — Die
leisen Stunden fliehn. — Die Mitternacht seufzt von den Ber=
gen her.
          (Hebel.)

Wie einst der Frevel, so pilgert jetzt Reue durch das Land
Und Reue windet der Rache das Schwert ja aus der Hand.
          (A. Grün.)

Wie'n treuer Freund, so schüttelt ihm sonst das Alter die Hand.

(A. Grün.)

Sanft senkten sich in feierlichem Schweigen
Die Züge der Natur, kein Lüftchen sprach;
Sie schien ihr göttlich Angesicht zu neigen,
Als sänne still sie einer Freude nach.

(Lenau.)

Der Himmel ließ, nachsinnend seiner Trauer,
Die Sonne lässig fallen aus der Hand.

(Lenau.)

Zeit ersehn wir, daß erschreckter Fried' verschnaufe.

(Sh.)

Süßer Schlaf, du kommst wie ein reines Glück, unge=
beten, unerfleht am willigsten. Du lösest die Knoten der
strengen Gedanken, vermischest alle Bilder der Freude und
des Schmerzes; ungehindert fließt der Kreis innerer Har=
monien, und eingehüllt in gefälligen Wahnsinn, versinken
wir und hören auf zu sein. (Göthe.) Schön ist der Friede!
Ein lieblicher Knabe liegt er gelagert am ruhigen Bach,
und die hüpfenden Lämmer grasen lustig um ihn auf dem
sonnigen Rasen; süßes Tönen entlockt er der Flöte, und
das Echo des Berges wird wach, oder im Schimmer
der Abendröthe wiegt ihn in Schlummer der murmelnde
Bach. (Schiller.)
Es ist des Menschen Bemühn, der leblosen sinnlich wahr=
nehmbaren Natur wie den rein geistigen Begriffen von seinem
Fleisch und Blut zu leihen, sie seine Sprache reden zu lassen,
ihnen seine Gedanken, Empfindungen, Leidenschaften zuzu=
theilen. Alles wird ihm durch diese Vermenschlichung ver=
trauter, tritt seinem Herzen näher. Schon die Kinder geben
allen Dingen gleichsam von ihrem Athem und ihrer Sprach=
kraft. Mädchen spielen mit Puppen, Knaben können zwei
Scheiter stundenlange Unterredungen unter sich, als wichtige
Personen, führen lassen. Man personificirt einen leblosen
Gegenstand oder eine innere Vorstellung, indem man ihnen
Eigenschaften oder Handlungen zuschreibt, die nur Personen
eigen sind. Die Personification kann durch ein einziges
Wort bewirkt oder durch eine Menge Adjektiven und Verben

weiter ausgeführt sein. Man begreift, daß diese Figur in allen Sprachen ein wesentliches Mittel ist, besonders der dichterischen Darstellung Schwung und Reiz zu verleihen. Sie tritt als Gleichniß und Metapher auf, ja sie beherrscht ganze Darstellungen. „Alle Mittel der Veranschaulichung drängen als beseelend wesentlich zur Personification hin." (Vischer.) Manche von den alemannischen Gedichten Hebels verdanken ihren Zauber dem Kunstgriff, daß die besungenen Gegenstände als Personen vorgeführt werden. Wohl hat kein anderer Dichter von der Personification küh= neren und glücklichern Gebrauch gemacht. Mit der Wiese führt er in das Local seiner Sagen und Stimmungen ein, indem er diesen Bach als ein Schwarzwälder=Mädchen dar= stellt, das dem kräftigen Schweizerjüngling Rhein zu Klein= Hüningen die Hand reicht. Wie reizend erscheinen in den „Irrlichtern" die Engel, denen diese „Marcher usem Füür" in dunkler Nacht die Wege weisen müssen! Personificirt werden ferner der Morgenstern, die Sonne im „Sommer= abend" („O lueg doch, wie isch d'Sunn so müeb" 2c.) Daß ihr Mann, der Mond, wann sie heim kommt, den Hut nimmt und forteilt, ist eine treffliche Erfindung. Das „Ha= bermuß" geht schon nach den ersten Zeilen zur Personifi= cation über. Samstag und Sonntag, der Winter, der Ja= nuar, das alte und das neue Jahr erscheinen geistreich ausstaffirt vor unserm entzückten Auge! Auch andere Dichter gründen auf die Personendichtung den Reiz mancher ihrer Gedichte. Man denke an Uhlands: Bei einem Wirthe wun= dermild, oder an Rückerts: Die Sonne des Herbstes eilte nicht sehr sich früh aus dem Bette zu machen, oder an das „Mitleid" von Salis (Mitleid, Heil dir du Geweihte!) — Führen wir noch einige Beispiele auf, wo die Personifi= cation in Gedichten vorübergehend als Darstellungsmittel verwendet wird:

'ß streckt scho dört und do e Stern am düstere Himmel
'ß Chöpfli usen, und luegt, öb b'Sunn echt aben ins Bett seig,
öb er echt dörf scho, und rüeft den andere: „Chömmet!"

D'Chäferli chömme und b'Fliege, sie chömme z'Stubete zue'nem,
Luege, was er macht und singen: Eie Popeie!
Und 's Schi=Würmli chunnt, potz tausig mittem Laternli,
z'Nacht um Nüni z'Licht, wenn b'Fliege und b'Chäferli schlofe.

––––––

Der Tag verwacht im Tanne=Wald, er lüpft alsgmach der
Umhang obsi. —
Am Samstig isch er (der Sunntig) nümme wit; was deckt er
echt im Chörbli zue?
Denk wohl e Pfündli Fleisch im Gmües, 's cha si, ne Schöpli
Wi derzue.

––––––

's isch doch au ne Gruus, seit jetz der Engel, aß b'Mensche
so ne Furcht vor G'spenstere hen, und hätte's nit nöthig.
's sinn zwee einzigi Geister de Mensche gfährli und furchtbar:
Irrgeist heißt der eint', und Ploggeist heißt der ander;
und der Irrgeist wohnt im Wi. Us Channe und Chruse
stigt er eim in Chopf und macht zerrüttete Sinne.
Selle Geist führt irr im Wald uf Wege und Stege,
's goht mit eim z'underst und z'oberst, der Bode will unter
eim breche.
b'Brucke schwanke, b'Berg bewege si, Alles isch doppelt,
Nimm di vorem in Acht! — —
Wer der ander isch, seit jez der Engel, das frogsch mi!
Es isch e böse Geist, Gott well di vorem biwahre.
Wemme früeh verwacht, um Vieri oder um Fünfi,
Stoßt er vorem Bett mit große füürigen Auge,
seit eim guete Tag mit glüehige Ruethen und Zange.
's hilft kei das walt Gott, und hilft kei Ave Maria!
Wemme bete will, enanderno hebt er eim 's Muul zu.
Wemmen an Himmel lugt, se streut er eim Aeschen in b'Auge;
Het me Hunger — und ißt — er wirft eim Wermeth in b'Suppe;
möcht mer z'Obe trinke, er schüttet Gallen in Becher.
Lauft me wie ne Hirz, er au, und blibt nit behinte.
Schlicht me wie ne Schatte, so seit er: Jo, mer wen g'mach thue.
Stoht er nit in der Chilchen, und sitzt er nit zue der ins
Wirthshuus?

Wo be gohfch und wo be stohfch, sin G'spenster und G'spenster.
Gohfch ins Bett, thuesch d'Auge zue, se seit er: 's pressirt nit
mittem Schlofe. Los, i will der näumis verzehle:
Weisch no, wie be gstohle hesch, und b'Waisli betroge,
So und so, und das und deis; und wenn er am End isch,
fangt er vornen a, und viel will's Schlofe nit sage.

Katachrese ist die Häufung der Metaphern, z. B. in
dem Lied an die Freude von Schiller:

> Freude, schöner Götterfunken
> Tochter aus Elysium,
> Wir betreten feuertrunken
> Himmlische, dein Heiligthum.
>
> Deine Zauber binden wieder
> Was die Mode streng getheilt;
> Alle Menschen werden Brüder,
> Wo dein sanfter Flügel weilt.
>
> S. auch die folgenden Strophen.

Der Löwe Siegfried flog mit Sturmeseile in die Schlacht.
Blüht ihm das Leben noch? Steht er noch herrlich da, ein
Fels der Kirche?

Aufgaben: Der Schüler zeige in den aufgeführten
Beispielen, worin die Personification besteht, d. h. welche
Ausdrücke sie bewerkstelligen. — Personificire folgende Begriffe: die Freiheit, der Ruhm, die Furcht, der Neid, —
der Strom, die Nacht, der Krieg, die Eintracht, der Schlaf,
das Mitleid (Gedicht von Salis!), der Tod, die Jugend,
das Alter, die Sterne, das Gerücht, die Dämmerung, die
Dichtkunst. — Die meisten Personificationen, die wir citirt,
sind Metaphern, wenige davon ausgeführte Gleichnisse. Die
neuere Zeit, reicher an Ideen als das Alterthum, zeigt
größere Hast, sie zu veranschaulichen; das breit angelegte
Gleichniß sagt ihr weniger zu als die knappere Metapher.
Wir heißen die metaphorische, sei sie Personendichtung oder
nicht, auch die figürliche Rede, und damit erhält unsre

allgemeine Anwendung des Ausdrucks Redefigur, auch für den Tropus, etwelche Rechtfertigung.

4. Die Allegorie oder Andersrede. Man kann nicht allein die Conjunktion, welche die Aehnlichkeit zwischen dem eigentlichen und dem gleichnißweisen Gedanken behauptet, sondern sogar jenen selbst weglassen und nur aus dem Bilde, aus dem Spiegel zu verstehen geben, was man eigentlich sagen will. Der Zusammenhang des Mitgetheilten führt dann mit dem Bilde auf unsern ursprünglichen Gedanken. In sofern man das Bild für die Sache, welche gemeint ist, hinstellt, braucht man allerdings eine „Andersrede". Auch hier ists nöthig, daß der Stoff des Bildes, allgemein ver= ständlich, die Ähnlichkeit in die Augen springend, die An= schauung nicht unter der Würde der ganzen Darstellung sei. — Beispiele: Man muß die Bäume biegen, während sie noch jung sind. Der Wein schmeckt am besten, wenn er alt ist. Die neuen Töpfe werden erst im Brennofen gut. Der Apfel fällt nicht weit vom Stamm. An der Frucht erkennt man den Baum. Die Scherbe hadre mit dem Töpfer nicht. Der Krug geht zum Brunnen, bis er bricht. Wo man den Wolf zum Hirten macht, da werden die Lämmer abgeschlacht't. Schon oft stritten Zwei um ein Ei und ließen die Henne fliegen, u. s. w. In meiner Schulzeit, wenn ich einen Bolzen verloren hatte, schoß ich seinen Bru= der von gleichem Schlag den gleichen Weg; ich gab nur besser Acht, um jenen aufzufinden; und beide wagend, fand ich beide oft. (Sh.)

> Wer frühe spornt, ermüdet früh sein Pferd
> Und Speis' erstickt den, der zu hastig speist.   (Sh.)

Um die Schüler untersuchen zu lassen, ob die Allegorie dem Gebiet der Wirklichkeit, der Fabel, der Sage und Le= gende, oder der Märchenwelt entnommen sei, setzen wir noch einige Beispiele her: Man ißt die Suppe nicht so heiß, als sie gekocht ist. Je mehr man einen Schlüssel braucht, desto blanker wird er. Je größer der Baum, je schwerer der Fall. Fliege nicht, bevor du Federn hast. Mancher löschte das Licht aus, weil er es zu genau putzen wollte. Wenn der Fuchs zeitig ist, so trägt er den Balg selber zum Kürsch=ner. Oft schilt der Hafen den Kessel, daß er rußig sei. St. Nikolaus beschert dir wohl eine Kuh, aber nicht den Strick dazu. Schon Mancher hat bei St. Peter angeklopft und es ist ihm nicht aufgethan worden. Wer sich zum Laub macht, den fressen die Ziegen. Wenn Funken und Stroh zusammen kommen, so entsteht Feuer. Man soll den Teufel nicht an die Wand malen. Scharfe Donner, kleine Wetter. Je feiner der Balg, desto schlauer der Fuchs. Schon Man=cher ritt auf dem Bratspieß aus und kam am Bettelstab nach Haus. — Aufgaben: 1. Der Schüler ordne alle Beispiele nach den oben genannten Unterscheidungen! 2. Er gebe den eigentlichen Gedanken an! 3. Er suche noch einige Dutzend Sprichwörter, die Allegorien sind!

Auch die Allegorie kann Gegenstand einer selbständigen Darstellung werden, d. h. es wird vom Dichter eine Ge=schichte, eine Sage, ein Märchen erzählt, um einen Gedanken zu versinnbildlichen, der nicht ausgesprochen oder wenigstens nur leise angedeutet ist. Die Dichtung hat so den doppelten Reiz, daß sie als Erzählung etwas Packendes, Ansprechendes besitzt und doch nicht ruhen läßt, bis man die versteckte Meinung des Verfassers herausgefunden hat. Unsre großen Dichter haben sich alle in dieser Gattung von Poesie ver=sucht. In Göthes Zauberlehrling z. B. hat man ein reizen=des Märlein, das um so bewundernswürdiger erscheint, als es, bis zur letzten Strophe ein Selbstgespräch des Lehrlings, dennoch die Erzählung anschaulich abwickelt. Niemand wird die letzten sechs Verse lesen, ohne zu ahnen, daß in diesem knappen Abschluß eine Einladung enthalten, einen tiefern nicht ausgesprochenen Sinn des Gedichtes herauszusuchen: Lehrlinge können wohl bisweilen Kräfte, Leidenschaften in Bewegung setzen, aber nur Meister ihnen wieder Halt ge=bieten oder sie zu großen Zwecken hervorrufen und ver=wenden. Schillers „Mädchen aus der Fremde" ist die Poesie mit ihrem verschiedenartigen Segen für verschieden geartete Menschen. Uhlands „Rache" drängt uns schlagend den Satz auf: Womit du sündigest, damit wirst du gestraft. Das „Schwert“ sagt, daß wenn uns edle Leidenschaft durchlobert, in uns Kräfte entstehen, die wir vorher selbst nicht geahnt. Das „Schifflein“ zeigt, wie durch Zusammenwirken verschiedener Talente und Individualitäten das Leben Werth und Reiz erhält. Andere Allegorien dieses Dichters sind: Der Pilger, Graf Eberhards Weißdorn, die Ulme zu Hirsau (die Deutung ist angehoben mit der Str.: zu Wittemb. im Kloster 2c.), der weiße Hirsch, das Glück v. Edenhall; vor allem, tiefsinnig und schön: die verlorene Kirche und Märchen. — Hebels Herlein schildert die überwältigende Kraft der Liebe. — Man würde übrigens sehr Unrecht thun, wollte man in erzählenden Gedichten stets eine allegorische Absicht wittern. Dadurch würde man sich den reinen Genuß an der Darbietung des Dichters geradezu verderben. Nur wo er selbst durch einzelne Wendungen oder durch die ganze Fassung seiner Verse zu diesem Forschen einlädt, mag man der Mahnung folgen und man wird doppelten Genuß von der Dichtung haben.

Die Allegorie führt uns unwillkürlich zu einer verwandten Gattung von kleinen Gedichten, zum Räthsel. Mit Buchstaben- und Silbenräthsel wollen wir uns nicht aufhalten; aber daß die Neckerei einen Gegenstand mit etwas veränderten Farben und Zügen, gleichsam in einem Zauberspiegel, zu zeigen, hieher gehöre, wird wohl niemand läugnen. Uhlands Einkehr hätte mit geringer Veränderung ein prächtiges Räthsel gegeben. Der Räthseldichter stellt den gemeinten Gegenstand mit der Zeichnung irgend eines verwandten dar, auf den er einen Theil der Eigenschaften und Thätigkeiten des verschwiegenen überträgt, wobei er sich etwa noch in wunderlichen Gegensätzen, in sich widersprechenden Eigenschaften ergeht. Die Räthsel von Schiller (das Auge, das Schiff, der Pflug, der Blitz, Mond und Sterne) sind unübertroffene Muster dieser Gattung; einige humoristische von Hebel reihen sich ihnen würdig an. — Wenn die Fabel die Moral nicht ausspricht, sondern dem Leser deren Auffindung überläßt, so gehört auch sie zur allegorischen Dichtung. In den Fabeln von A. E. Fröhlich deutet nur etwa ein spaßhafter Titel das Gebiet an, auf dem der Dichter seine Meinung geltend machen will. Diese zu redigiren und zu kosten, ist ganz des Lesers-Sache. Das zu breite Hervortreten des **fabula docet** schadet überhaupt der Wirksamkeit der Fabel. Ist sie gut angelegt und als Erfindung reizend, so finden wir uns willig genug, die Anwendung auf geistigem und sittlichem Gebiet selber zu suchen und sie gestaltet sich vielleicht mannigfaltiger als der Dichter sie mit einem kurzen Spruch uns vorführen könnte. Der denkende Leser hat es überhaupt nicht gern, wenn ihn der Schriftsteller alles eigenen Hinzutragens von Ergänzungen und Consequenzen der Lektüre entheben will. „Was er weise verschweigt, zeigt nur den Meister des Styls," sagt Schiller.

Aufgabe. Bilde Räthsel über folgende Wörter: Der Schwamm, das Volk, der Jambus, die Burgruine, die Feile, die Thräne, der Schlaf, das Buch, die Uhr, das Straßenpflaster, die Schreibfeder, der Ziegel, der Donner, der Spiegel.

Anhang. Schmückendes Eigenschaftswort. (Epitheton ornans.) Obschon es streng genommen nicht zu den Redefiguren gehört, führen wir es der Vollständigkeit wegen hier auf. Jemand hat gesagt, man erkenne den guten Schriftsteller an dem richtigen Gebrauch der Eigenschaftswörter. Das verschönernde Adjektiv veranschaulicht der Einbildungskraft die abstrakten Begriffe. In den Epopöen der Griechen und Römer werden Hauptpersonen und gewisse Gottheiten stets mit denselben Eigenschaftswörtern genannt, z. B. die kluge Penelope, edler Laertiad, erfindungsreicher Odysseus, der helmumflatterte Hektor, der göttliche Sauhirt Eumäus, Zeus' blauäugige Tochter Pallas Athene, die rosenfingerige Aurora u. s. w. Es würde der Deutlichkeit nichts abgehen, wenn die Personen und Götter einfach genannt würden. So brauchen auch wir in Darstellungen, welche sich an die Einbildungskraft und das Gefühlsvermögen wenden, bisweilen Adjektiven, die nicht durchaus nöthig

wären, die aber der Sprache mehr Frische und Lebendigkeit
geben. Es sind dergleichen bei der Metapher und der Per=
sonification, als zu diesen Figuren gehörig, schon vorge=
kommen. — Beispiele:

> Sie füllet mit Schätzen die duftenden Laden
> Und dreht um die schnurrende Spindel den Faden,
> Und sammelt im reinlich geglätteten Schrein
> Die schimmernde Wolle, den schneeigten Lein.
> (Schiller.)

> Hier geht
> Der sorgenvolle Kaufmann und der leicht
> Geschürzte Pilger — der andächt'ge Mönch,
> Der düstre Räuber und der heitre Spielmann,
> Der Säumer mit dem schwerbeladnen Roß. (Schiller.)

Von dorther sendet er fliehend nur ohnmächtige Schauer
körnigen Eises. (Göthe.)

Der gottbegeisterte Sänger, eine durchduftete Sprache,
das goldburchwirkte Gewand, der menschenmordende Krieg,
das schnell vorübereilende Menschendasein.

> Und ich las das Lied von Odysseus,
> Das alte, das ewig junge Lied,
> Aus dessen meerdurchrauschten Blättern
> Mir freudig entgegen stieg
> Der Athem der Götter,
> Und der leuchtende Menschenfrühling
> Und der blühende Himmel von Hellas. (Heine.)

Aufgaben. Setze zu folgenden Substantiven schmük=
kende Eigenschaftswörter: Schicksal, Bitte, Leben, Freude,
Schmerz, Schatten, Schwert, Tag, Sonne, Frühroth, Wan=
derer, Neid, Gram, Auge, Blume, Veilchen, Gipfel, Thräne,
Schwert, Meer, Gemälde, Schweizergeschichte, Gemüth, An=
dacht, Held. — Bringe folgende Eigenschaftswörter vor pas=
sende Substantiven: Tiefgequält, morsch, gutdurchlodert,
würzig, grimmig, sausend, thränenumdunkelt, lastend, engel=

milb, nimmerversiegend, silberprangend, unersättlich, schwer=
athmend, einschmeichelnd, erfindungsreich, schwunghaft, wil=
lensstark, niedergedrückt, sinnbethörend.

Die Verschweigung (Reticentia). Es kommt be=
sonders im dramatischen Stil häufig vor, daß die Rede
plötzlich abbricht und das errathen läßt, was der Sprechende
vor Erwartung oder Bangen oder Zorn oder Freude nicht
auszusprechen wagt. — Beispiele: Alles, Alles setz' ich
dran, um sie (Thekla) recht groß zu machen — ja in der
Minute, worin wir sprechen — und ich sollte nun, wie ein
weichherz'ger Vater, was sich gern hat und liebt, sein bür=
gerlich zusammengeben? — Wo ist er, der unsern General
. . . . . — Prinzessin — ich — muß um Verzeihung bitten,
mein unbesonnen rasches Wort, wie konnt' ich . . . .? (Aus
Schillers Wallenstein.)

Brutus, du schläfst? Erwach und sieh dich selbst!
Soll Rom? (Sh. Jul. Cäsar.)

Metellus:
Steht dicht zusammen, wenn ein Freund des Cäsar
Etwa —

Die Verschweigung gehört zur Ellipse und ist nur eine
Erweiterung dieser Figur.

Die Verbesserung (Correctio) nimmt Gesagtes zu=
rück und setzt dafür dem Sprechenden passender Scheinendes
hin. Hier steh ich in der Allmacht Hand und schwöre, und
schwöre Ihnen, schwöre ewiges — — o Himmel! Nein!
Nur ewiges Verstummen, doch ewiges Vergessen nicht.
(Schiller, Don Karlos.)

Der Parallelismus. — Beispiele: Die Himmel
erzählen die Ehre Gottes und die Veste verkündiget seiner
Hände Werk. Ein Tag sagt dem andern das Wort, und
eine Nacht meldet der andern die Kunde. Es ist keine
Sprache noch Rede, da man nicht ihre Stimme höre. Ihre
Schnur gehet aus in alle Lande und ihre Worte an der
Welt Enden. (Pf. 19, 1—5.) — Was ist der Mensch, daß
du sein gedenkest, und des Menschen Sohn, daß du ihn

heimſucheſt? (Pſ. 8, 5.) — Wenn mir angſt iſt, ſo rufe ich den Herrn an, und ſchreie zu meinem Gott; ſo erhöret er meine Stimme von ſeinem Tempel, und mein Geſchrei kommt vor ihn zu ſeinen Ohren. (Pſalm 18, 7.) — Alle Welt fürchte den Herrn, und vor ihm ſcheue ſich Alles, was auf dem Erdboden wohnet! Denn er ſpricht, ſo geſchieht es; Er gebeut, ſo ſtehet es da. Der Herr machet zu Nichte der Heiden Rath, und wendet die Gedanken der Völker. (Pſ. 33, 8—10.) Lobe den Herrn, meine Seele, und Alles, was in mir iſt, ſeinen heiligen Namen! Lobe den Herrn, meine Seele, und vergiß nicht, was er dir Gutes gethan hat! Der dir alle deine Sünde vergibt, und heilet alle deine Gebrechen; der dein Leben vom Verderben erlöſet; der dich krönet mit Gnade und Barmherzigkeit. (Pſ. 103, 1—4.) — Mein Kind, gehorche der Zucht deines Vaters, und laß nicht fahren das Geſetz deiner Mutter! (Spr. Sal. 1, 8.) — Wohl dem Menſchen, der Weisheit findet, und dem Menſchen, der Verſtand bekommt! Denn es iſt beſſer um ſie hantieren weder um Silber; und ihr Einkommen iſt beſſer denn Gold. Sie iſt edler denn Perlen; und Alles, was du wünſchen magſt, iſt ihr nicht zu vergleichen. Langes Leben iſt zu ihrer rechten Hand, zu ihrer Linken iſt Reichthum und Ehre. Ihre Wege ſind liebliche Wege, und alle ihre Steige ſind Friede. (Spr. Sal. 3, 11—17.)

Meine Seele iſt feind euern Neumonden und Feſttagen; ſie ſind mir zur Bürde, ich bins müde zu tragen. Und wenn ihr ſchon eure Hände ausbreitet, verberge ich doch meine Augen vor euch, und ob ihr ſchon viel betet, höre ich euch doch nicht: eure Hände ſind voll Bluts. Waſchet, reiniget euch, thut eurer Hände Bosheit von meinen Augen, laſſet ab von Uebelthun; lernet Gutes thun, trachtet nach Recht, leitet zurecht den Frevler, ſchaffet dem Waiſen Gericht, und führet der Wittwen Sache. So kommt dann, und laſſet uns mit einander rechten, wird ſprechen der Herr. Und wenn eure Sünden gleich blutroth ſind, ſo ſollen ſie doch wie der Schnee weiß werden; und wenn ſie gleich roth ſind wie Scharlach, ſollen ſie doch wie Wolle werden. (Jeſ.

1, 14—18) — Wir schreiben mit Absicht Beispiele her, wo bedeutende Mittelglieder nicht auf dieser Figur beruhen, damit der Schüler unterscheiden lerne.

Die Spruchweisheit und Beredsamkeit der alttestamentlichen Sänger und Propheten bewegt sich gern in zwei Figuren: dem Contrast und dem Parallelismus. (Wer sich gern ziehen lässet, der wird klug werden; wer aber Zucht hasset, der bleibet ein Narr. Spr. Sal. 12, 1. Siehe das ganze Kapitel.) Den Contrast oder die Antithesen haben wir abgehandelt, es bleibt uns übrig, von der zweiten Figur noch einige Worte zu sagen. Die Aufführung paralleler Glieder wendet sich gleichzeitig an das Ohr und an die Einbildungskraft oder den Verstand des Hörers; sie ist rhythmischer und inhaltlicher Natur. Wie dem modernen Dichter Empfindung und Vorstellung sich in Verse und Strophen ordnet, so dem hebräischen in parallele oder gegensätzliche Glieder. Zugleich wird diese Vertheilung des Gedankens, diese Erschöpfung des anschaulichen Stoffes zum poetisch wirksamen Hülfsmittel. Der Parallelismus hat Ähnlichkeit mit der Figur, welche die Rhetorik Distribution heißt. Diese zerlegt, was mit einem kurzen Satz ausgedrückt werden könnte in eine Mehrzahl anschaulicher Einzelheiten. Anstatt in den Ruf auszubrechen: Wie großen Segen verdanken die Menschen der staatlichen Ordnung! sagt Schiller im Lied von der Glocke. Heil'ge Ordnung, segensreiche Himmelstochter, die das Gleiche frei und leicht und freudig bindet, die der Städte Bau gegründet, die herein von den Gefilden rief den ungesell'gen Wilden, eintrat in der Menschen Hütten, sie gewöhnt zu sanften Sitten, und das theuerste der Bande wob, den Trieb zum Vaterlande! Der Satz: die Nacht setzte dem Treiben der Menschen und Thiere ein Ziel, läßt sich etwa so individualisiren: In den fleißigen Werkstätten ist der Lärm des Tages verstummt; der Landmann hat den Pflug in der Furche stehen lassen und bringt die müden Stiere im lang ersehnten Stalle unter; die Ameisen, die Bienen arbeiten nicht mehr; die Vögel sind mitten in ihrem Abendgesang vom Schlaf überwältiget werden 2c.

Die Anrede (Apostrophe) und der Ausruf (Exclamatio) sind Consequenzen der Personification oder gehören zur rhetorischen Frage. — In der Aufregung des Zornes, der Befürchtung oder der Freude redet man einen Abwesenden an, als wäre er gegenwärtig. — Eine Behauptung wird durch die genannten Schwingungen des Gemüths zum Aufruf. — Wohl siegte Cäsar durch die Gunst der Götter; doch dich, o Cato, konnt' er nicht bezwingen!

Blas't, Wind' und sprengt die Backen! Wüthet, Blas't!
Ihr Cataraft' und Wolkenbrüche, speit,
Bis ihr die Thürm' ersäuft, die Höh'n ertränkt!
Ihr schweflichten, gedankenschnellen Blitze,
Vortrab dem Donnerkeil, der Eichen spaltet,
Versengt mein weißes Haupt! Du Donner, schmetternd,
Schlag flach das mächt'ge Rund der Welt; zerbrich
Die Formen der Natur, vernicht' auf Eins
Den Schöpfungskeim der undankbaren Menschen!   (Sh. Lear.)

Blinder, alter Vater!
Du kannst den Tag der Freiheit nicht mehr schauen!
Du sollst ihn hören! — Wenn von Alp zu Alp
Die Feuerzeichen flammend sich erheben,
Die festen Schlösser der Tyrannen fallen,
In deine Hütte soll der Schweizer wallen,
Zu deinem Ohr die Freudenkunde tragen
Und hell in deiner Nacht soll es dir tagen!
(Schiller, W. Tell.)

O Zeiten! o Sitten! — Er setzt' ihn an, er trank ihn aus: O Trank voll süßer Labe! O wohl dem hochbeglückten Haus, wo das ist kleine Gabe!   (Göthe.)

O stilles Leben im Walde!
O grüne Einsamkeit!
O blumenreiche Halde!
Wie weit sind ihr, wie weit.   (Freiligrath.)

Horch! wie brauſet der Sturm und der ſchwellende Strom in
der Nacht hin!
Schaurig ſüßes Gefühl! Lieblicher Frühling, du nahſt!   (Uhland.)

⁓⁓⁓

„Der poetiſche Styl, wie er im ſprachlichen Ausdruck
erſcheint, hat die proſaiſch gewordene Sprache ſo zu behan=
deln, daß mit der Bezeichnung auch das Bild des Bezeich=
neten in ſelbſtändiger Kraft vor der Phantaſie erſteht und
ſich lebendig bewegt.“ … „Es ſind die Mittel der Veran=
ſchaulichung und der Belebung, des Bildes und der Stim=
mung, alſo objektive und ſubjektive, mehr maleriſche und
mehr muſikaliſche Formen zu unterſcheiden.“   (Viſcher, Aeſthetik.)
Inſofern die Poeſie anſchaulich und packend darſtellt, er=
füllt ſie die Zwecke der Malerei; zeigt ſie hingegen die
hingezeichneten Geſtalten und Gegenſtände belebt; in reizen=
der Bewegung, ſo ſind ihre Wirkungen muſikaliſcher
Natur. Den Charakter einer der beiden Künſte tragen deß=
halb auch die Mittel der poetiſchen Darſtellung. Der Muſik
am nächſten ſtehen die Klangnachahmung, die verſchiedenen
Arten des Reims und die rhythmiſche Bewegung der Sprache
überhaupt; mehr das Ohr als das Anſchauungsvermögen
nehmen in Anſpruch die ſogenannten Redefiguren oder die
Figuren der Satzbildung; ſie beeinfluſſen weſentlich die
Stimmung. Dem Gebiete der Malerei gehören die Tro=
pen oder die Figuren an, welche den Inhalt modificiren.
Man könnte Metonymie und Synekdoche, überhaupt die
bildloſen Figuren mehr die zeichnenden, — Gleichniß, Me=
tapher, Perſonification und Allegorie hingegen die eigentlich
malenden Hülfsmittel der Poetik nennen. Es iſt bekannt,
wie unter den Dichtern die Landſchafter (wenn ſie ihre Kunſt
auch bloß bilettantiſch betrieben) die Örtlichkeiten ihrer Com=
poſitionen mit mehr Individualtät und Anziehungskraft zu
Stande brachten als es andern mit allem Aufwand von
Zeichnung und Farben gelingen wollte. Kinder, die früh=
zeitig mit Wohlklang, mit Reizen der Zeichnung und der
Farbenmiſchung erfreut wurden, gewinnen für Muſik und

darstellende Kunst, wenn auch nicht produktives, doch sicher viel receptives Talent. Und will man ein guter Hörer, ein guter Beschauer von Kunstprodukten werden, so muß man jedenfalls so weit produktiv vorgegangen sein, daß man sich in den Mitteln der Künste versucht hat, — wie man eine fremde Sprache nicht lernen könnte, ohne sich mannigfach im Übersetzen in dieselbe zu versuchen. So ist es denn auch mit der Sprache und ihren Darstellungsmitteln. Um die Sprache des Verstandes handhaben zu können, muß man ihr Wörterbuch und ihre Biegungs= und Satzformen durch Übung inne haben.· Um Dichter und Prosaisten, die sich an unsre Einbildungskraft wenden, genießen zu können, müssen wir durch Aufnahme vieles Schönen im Auffassen behende und durch viele Übung in den Darstellungsformen zur Auf= nahme der Intention und der einzelnen Theile und Schön= heiten des Gedichts befähigt worden sein. Nur die receptive Kraft durch Erörterung von ausgewählten Gedichten üben zu wollen, würde nicht genügen; viele Schüler nähmen bei dieser Methode bald Reißaus; aber die eigenen Versuche geben dem Unterricht Reiz, und da die Handhabung der Muttersprache als eine Kunst aufzufassen ist, so heißt es auch hier: Übung macht den Meister. — Wenn in den ersten Schuljahren Reproduciren des Inhalts, sprachliche Umgestaltung, Memoriren und aus dem Kopfe herschreiben, überhaupt Aufnahme von sorgfältig gewähltem Stoff die Hauptsache ist, so muß in der Fortbildungs=, in der Be= zirksschule und wie die höhern Klassen, die auf die Primar= schule gebaut sind, heißen mögen, gleichsam das ABC und Einmaleins der poetischen Darstellungsformen, insofern sie von praktischem Werth sind, zu einer vollständigen Erörte= rung kommen; sonst würde dem Schüler nie ein Erfassen aller einzelnen Schönheiten noch ein Urtheil, ob Dichtwerke mustergültig oder stümperhaft, zu eigen sein. Wir setzen natürlich voraus, daß er über Vers= und Strophenbau und über die Dichtungsarten eben so genaue Kenntniß wie über die Figuren erhalten habe. — Jedes echte Kunstwerk hat freilich auch für den begabtesten Genießer etwas nie zu

Erschöpfendes; neue Aufschlüsse, neue Perspektiven, neue Schönheiten in der Detailmalerei zeigt ihm jede wiederholte Lektur; gewissermaßen prüft er sich selbst in solcher Rückkehr zu liebgewordenen Erzeugnissen einer vollendeten Kunst; aber diejenigen Requisite, welche das Gelungene vom Ver= fehlten oder Mangelhaften unterscheiden lassen, muß der Leser aus einem tüchtigen Unterricht in der Poetik mit= bringen, wenn er nicht entweder fehl greifen oder alle Lust am besten Theil unserer dichterischen Literatur bald verlieren soll. — Wenn der sittlich gefestete Mensch zu seinem Ge= wissen noch die Charitinnen ins Tagesgefolge aufnimmt, um deren Gunst er sich frühe schon mit Ernst beworben, dann wird seine Tugend eine desto freudigere für ihn, eine desto liebenswürdigere für seine ganze Umgebung sein. Daß Knaben und Mädchen dem Schönen im Wort mit ganzer Seele zugethan werden, dazu möge auch diese Monographie einen bescheidenen Beitrag liefern!